共 和 国 的 历 程

最 后 一 战

志愿军发起夏季反击战役

周广双　编写

蓝 天 出 版 社　吉林出版集团有限责任公司

图书在版编目（CIP）数据

最后一战：志愿军发起夏季反击战役／周广双编写.
—北京：蓝天出版社，2014.1（2023.3重印）
（共和国的历程）
ISBN 978-7-5094-1099-8

Ⅰ.①最… Ⅱ.①周… Ⅲ.①革命故事－作品集－中国－当代 Ⅳ.
①I247.8

中国版本图书馆CIP数据核字（2013）第305478号

最后一战——志愿军发起夏季反击战役

编　　写：周广双
策　　划：金永吉　荆忠峰
责任编辑：祖　航　孔庆春
出版发行：蓝天出版社　吉林出版集团有限责任公司
地　　址：北京市复兴路14号
邮　　编：100843
电　　话：010—66983715
经　　销：全国新华书店
印　　刷：北京柏玉景印刷制品有限公司
开　　本：710mm×1000mm　1/16
字　　数：69千
印　　张：8
版　　次：2014年4月第1版
印　　次：2023年3月第3次
定　　价：29.80元

前　言

中华人民共和国自 1949 年 10 月 1 日成立以来，已走过了六十多年的风雨历程。历史是一面镜子，我们可以从多视角、多侧面对其进行解读。然而有一点是可以肯定的，那就是，半个多世纪以来，在中国共产党的领导下，中国的政治、经济、军事、外交、文化、教育、科技、社会、民生等领域，都发生了深刻的变化，中国人民站起来了，中华民族已屹立于世界民族之林。

这段时间放到整个历史长河中是短暂的，有如弹指一挥间，但它带给中国的却是极不平凡的。六十多年里神州大地经历了沧桑巨变。从开国大典到 60 年国庆盛典，从经济战线上的三大战役到经济总量居世界前列，从对农业、手工业、资本主义工商业的三大改造到社会主义市场经济体制的基本确立，从宜将剩勇追穷寇到建立了强大的国防军，从废除一切不平等条约到独立自主的和平外交政策，从"双百"方针到体制改革后的文化事业欣欣向荣，从扫除文盲到实施科教兴国战略建设新型国家，从翻身解放到实现小康社会，凡此种种，中国人民在每个领域无不留下发展的足迹，写就不朽的诗篇。

六十几年在历史的长河中犹如沧海一粟，但对身处其间的个人却是并非无足轻重的。其间究竟发生了些什么，怎样发生的，过程怎样，结果如何，非人人都清楚知道的。对此，亲身经历者或可鲜活如昨，但对后来者却可能只是一个概念，对某段历史的记忆影像或不存在或是模糊的。基于此，为了让年轻人，特别是青少年永远铭记共和国这段不朽的历史，我们推出了这套《共和国的历程》。

《共和国的历程》虽为故事形式，但与戏说无关，我们是想借助通俗、富于感染力的文字记录这段历史。这套丛书汇集了在共和国历史上具有深刻影响的重大历史事件。在丛书的谋篇布局上，我们尽量选取各个时代具有代表性的或深具普遍意义的若干事件加以叙述，使其能反映共和国发展的全景和脉络。为了使题目的设置不至于因大而空，我们着眼于每一重大历史事件的缘起、过程、结局、时间、地点、人物等，抓住点滴和些许小事，力求通透。

历史是复杂的，事态的发展因素也是多方面的。由于叙述者的视角、文化构成不同，对事件的认知或有不足，但这不会影响我们对整个历史事件的判断和思考，至于它能否清晰地表达出我们编辑这套书的本意，那只能交给读者去评判了。

这套丛书可谓是一部书写红色记忆的读物，它对于了解共和国的历史、中国共产党的英明领导和中国人民的伟大实践都是不可或缺的。同时，这套丛书又是一套普及性读物，既针对重点阅读人群，也适宜在全民中推广。相信它必将在我国开展的全民阅读活动中发挥大的作用，成为装备中小学图书馆、农家书屋、社区书屋、机关及企事业单位职工图书室、连队图书室等的重点选择对象。

编　者
2014 年 1 月

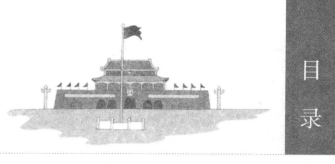

目录

一、 序幕拉开

● 毛泽东想到此处，终于下定决心，再打一次反击性的"压力战"，以促使谈判顺利进行，早日结束这场战争。

● 这次会议最终确立了稳扎狠打，由小到大，集小胜多胜为大胜的战役指导基本精神。

● 等到对方全部进入了我军的火力范围之内，只听张珍一声令下，阵地上的所有火器一起开了火。

毛泽东决定打一次"压力战"

1953 年 5 月的一天，在中南海丰泽园菊香书屋，毛泽东夹着香烟，踱着步子，正在认真地思索着朝鲜战场上最新的形势。

中朝方面与美国的谈判又陷入了僵局。

"联合国军"总司令克拉克向正在板门店参加谈判的美国代表发出两点指示：美国在强行遣返问题上不能妥协；美国"不赞成拖延时日和议而不决的谈判"。

1953 年 5 月 7 日，朝中方面对谈判方案作了 6 点修改，主张由波兰、捷克斯洛伐克、瑞士、瑞典及印度组成中立国遣返委员会看管不直接遣返的战俘，并由战俘所属国家向战俘进行 4 个月的解释，以保证他们遣返问题的公正解决。

在新方案中，中朝方面还放弃了要战俘迁离到朝鲜以外的中立国的要求。这是一项很大的让步，充分显示了中朝方面争取尽快停战，实现和平的诚意。

世界公正舆论称这一方案为"在实现朝鲜停战方面具有决定性的重要意义的方案"。

但美方对这一方案仍然没有表示同意，仍旧在一些假设的琐碎细节上纠缠不休，并于 5 月 13 日提出了将一切不直接遣返的朝鲜籍的战俘"就地释放"的反建议，企图强行扣留朝鲜人民军被俘人员。

美方这一无理主张，立即遭到了世界公正舆论，包括美国人民在内的强烈谴责。英国、加拿大、澳大利亚等国也对美国的这一举动表示了不满。

美国意图其实很明确，他们一面继续谈判，一面继续扩充南朝鲜军队，做长期战争准备，玩弄两手政策。

可见，美国对解决朝鲜问题的军事战略和计划还没有形成最后决定。在如何结束朝鲜战争的问题上，美国新一届政府仍对以军事手段解决朝鲜问题心存幻想，他们并没有彻底放弃军事冒险的计划。

所以，在停战谈判恢复后，美国一再在战俘遣返、停战监督等问题上节外生枝，并不时进行军事挑衅。

另一方面，美国从其全球战略考虑，为了完成某些战略措施，可能也需要一些时间。

在这种情况下，战争继续拖下去的可能性依然存在。即使停下来，在一段时间内也将会保持一种紧张局势。

另外，南朝鲜的李承晚集团更是极力反对停战，还叫嚣"必要时单独作战"。

现实情况毫无疑问地表明，尽管停战谈判恢复了，情况依然相当复杂。志愿军和朝鲜人民军只有以有力的作战相配合，才能保障谈判顺利地进行。

毛泽东想到此处，终于下定决心，再打一次反击性的"压力战"，以促使谈判顺利进行，早日结束这场战争。

序幕拉开

确立"稳扎狠打"作战方针

在接到毛泽东指示后，志愿军代司令员兼代政治委员邓华、副司令员杨得志、参谋长解方、政治部主任李志民和各指挥部、各兵团领导等立即召开志愿军党委会，研究作战事宜，重点讨论研究夏季反击战役的指导方针和部署。

在会上，邓华首先向大家传达了毛泽东的指示，然后他说："最近的情况是，敌人在拖延讹诈，近期又不可能登陆。为了紧密配合谈判斗争，我们将计划打一场类似 1952 年秋季那样的战役性反击作战，给敌人以更沉重的打击。"

说到这里，邓华停了一下，他又接着说："目前敌军总兵力已达 120 万人，地面部队有 24 个师。其中，南朝鲜军在美国人的帮助下大量增加，已达 16 个步兵师，正在扩建一个师，连同其海、空军共 64 万余人，装备、火力已接近美军水平。敌军阵地工事较 1952 年秋季普遍增加，其基本阵地构筑有坑道或坑道式掩蔽部。我特别提醒大家注意，敌人已经有了丰富的挨打的经验教训。"邓华的话语严肃中又带有幽默，引起大家一阵大笑。

"敌人是不见棺材不落泪。我们的仗打得越好，我方在谈判桌上的话就越有力量。"解方也插言说。

李志民也说道："发动夏季反击战役，可以锻炼部队，吸取经验，还可改善部分阵地。这段时间以来，部队的求战情绪很高啊，指战员们早就盼望打一场大战役，狠狠教训反复无常的敌人了。"

邓华接下来又给大家讲述了这次夏季反击战役的目的和方针，他指出：

> 此次战役的目的主要是消灭敌人，锻炼部队，吸取经验，以配合板门店的谈判，同时适当注意改善现有阵地。在战役指导的基本精神上，参战部队要"稳扎狠打"。

邓华还指出我军打击的重点是美军和其他侵朝军队。他要求大家要有两个准备：

> 一是持久作战的准备，不能急于求成，不能轻敌急躁草率，必须有周密细致的准备，必须确有把握，然后攻击。
>
> 二是在反击开始后，要做好迎击敌人在全线进行二至三个大规模报复的准备，军师两级必须掌握一定的预备力量和机动炮火，反击目标以不超过一个营，最好两个连为宜，战况发展有利时可适当扩大。一定做到"不打则已，

序幕拉开

打则必歼，攻则必克，守则必固"。

对于邓华的意见，与会委员们都表示赞同。

在对攻击目标的选择和作战方法上，杨得志说："攻击目标的守敌以不少于两个排、不超过一个营为限，再大就不容易一口吃掉，再小则浪费了准备。攻击目标要既有利于我隐蔽接敌，又便于兵力展开和发挥炮火威力。冲锋出发地距攻击目标不能超过 200 米，并挖好防炮洞，防炮洞的数目要能容纳第一梯队人数三分之一以上，这样才能切实保证突击部队的冲击力。"

接下来杨得志分析了对不同目标，我军应该采取的不同的作战方式，打击的目标大致分为 3 种：

　　第一种目标是，敌军阵地有坚固工事，有坑道，地形有利，我攻克后要坚决固守，与敌争夺到底，直到敌人无力再攻或不敢再来攻为止。

　　第二种目标是，敌阵地工事坚固，但无好的坑道或地形不十分有利，攻克后，要立即改造工事，利用第一、第二梯队与敌进行拉锯式的反复争夺，直打到敌人不再来攻为止。

　　第三种目标是，敌工事不强，地形不利，又非要点，则采取"咬一口"的方式，攻克后立即撤离。然后，另选其他目标攻击，以分散敌人火力，配合重点目标作战。

最后，他说："对第一、第二种目标，每军各选择一个，第三种目标，每军根据情况自定。如敌反扑规模较大，其兵力达到一个师时，则每军只保留一个重点目标进行攻击；敌反扑兵力达两个师时，则每个兵团只保留一个重点目标进行攻击；如敌反扑规模再大时，则全线只保留两个重点目标进行攻击。"

接着，会议还研究了我军兵力的部署与调整问题。

会议还要求志愿军参战各军在战役开始之前，仍积极进行小型攻点作战，吸取经验，创造条件，并掩护大的战役。

这次会议最终确立了稳扎狠打，由小到大，集小胜多胜为大胜的战役指导基本精神。

在战术上要力求全歼、速歼，不打则已，打则必歼，攻则必克，守则必固；有利则守，不利则给敌人一定杀伤后放弃，保持主动。

打击对象西线以美军为主，东线以南朝鲜军为主。整个反击作战采取统一与分散相结合的方法，分 3 个阶段实施，并要求部队于 5 月底前完成一切准备工作。

序幕拉开

志愿军调整兵力部署

在确定了作战方案之后，志愿军开始调兵遣将并部署兵力。

志愿军和朝鲜人民军在正面第一线共部署了 7 个军和 2 个军团，从西至东依次为：

志愿军第十九兵团指挥的第六十五、第四十六、第一军部署于礼成江口至朔宁以东阳地村一线，另第六十三、第六十四军为第二梯队。

第九兵团指挥的第二十三、第二十四军部署于砚洞以北至注字洞一线。

第二十兵团指挥的第六十七、第六十军部署于牙沈里至北汉江以东文登里一线，另第六十八军为第二梯队。

人民军第三、第七军团部署于文登里至东海岸高城以南一线。

志愿军夏季反击战役兵力部署的基本原则是，参加进攻作战的每个军保持有 4 个师，具体部署是：

第十九兵团方向：第六十五军靠近板门店谈判会址，且反击目标地形不利，决定该军不参加反击作战；第一军新上阵地不久，先不担负主要攻击任务，暂时保持 3 个师作战不变，视情况发展再调整。

第四十六军为该兵团作战的重点军，该军原配属第三十八军在西海岸担负反登陆作战准备的第一三七师归建，加上指挥的第四十军第一二〇师，已有4个师，打击主要对象为英联邦师。

第六十三军或第六十四军以一个师东调为兵团预备队，视情况支援第四十六军作战。除原配属该兵团指挥的炮兵第八师外，另调炮兵第二师两个榴炮营，战防炮第四〇六团，火箭炮第二〇八团，高炮第六十四师六〇四团，另调两个工兵营配属该兵团方向作战。

第九兵团方向：以第二十四军为主，重点打击美第三师，第六十八军第二〇四师支援该军作战；第四十七军第一三九师支援第二十三军作战。

第四十七军第一四〇师位于谷山地区为第九兵团预备队。除原配属兵团指挥的炮兵外，另由第三十八军抽调一个榴炮营，两个76.2毫米野炮营，火箭炮第二〇五团，六〇火箭炮第二一〇团，高炮第六十一师，炮兵第二师一个营，另两个工兵营配属该兵团作战。

第二十兵团方向：第六十军在北汉江以东至边岩洞之间地区，第六十七军在北汉江西岸、座首洞南山、科湖里地区，打击重点为南朝鲜军第五、第八师。以配属第十二军的第三十三师前调归第六十军指挥，支援该军北汉江以东地区作战，第六十八军第二〇三师支援第六十七军作战。

第六十八军第二〇二师为该兵团预备队。除原配属炮兵外，由第五十军抽3个榴炮营，一个野榴混合炮营，

火箭炮第二〇七团，高炮第六十三师第六〇七团，另两个工兵营参加该兵团作战。

志愿军司令部以第四十七军一个师、第十六军、第五十四军、炮兵第一师、炮兵第二师两个团、火箭炮第二十一师两个团为总预备队，分别集结于谷山、成川、顺川等地区，视情况使用。

在志愿军完成兵力部署以后，第二十兵团还根据部署，于5月9日召开作战会议，这次会议着重研究了打击的重点和战役阶段的作战计划。

发起夏季反击战役

经过一番精心准备，志愿军为配合关于战俘问题的谈判斗争，第二十、第九兵团根据志愿军领导人的决定，于1953年5月13日至26日发起第一阶段进攻。

在战斗打响前，第二十兵团代司令员郑维山、第六十七军军长邱蔚等亲自到连队检查部队的作战准备情况，激励战士们奋力拼杀。

5月13日晚，第六十七军率先发起对科湖里南山阵地的攻击，夏季反击战正式拉开序幕。

科湖里南山阵地由南朝鲜军一个连另一个排防守，阵地工事很坚固。为顺利攻克这一目标，我志愿军战士还提前进行了15天的演练。

21时30分，志愿军战士首先开始炮火急袭，127门大炮对准南朝鲜军阵地一阵齐射，炮火将黑夜映照成了白昼，南朝鲜军阵地的工事被摧毁了30%～40%。

炮火攻击刚一结束，负责攻打500高地的志愿军第一排就在排长的带领之下，如离弦之箭一般冲向南朝鲜军阵地。但是，刚冲锋不久，我军战士就迎面碰上了南朝鲜军的一个暗火力点，一排被压到了半山坡上，前进的道路突然受阻。

"贾先登，炸掉敌人的机枪！"排长石运金命令道。

序幕拉开

只见贾先登抱起炸药包，以迅雷不及掩耳之势冲到对方地堡旁，然后一纵身跳到了地堡顶，而后拉掉导火索，对方的碉堡随着一声巨响而被炸毁了。但恰在这时，他的双腿也被敌军打断了，他还要继续战斗，但被战士们强行抬下了战场。

战士们接着一路往上冲，但是越往上，对方的抵抗就越顽固。这时排长也受伤了，通讯员曹传增腿上也被对方子弹打中了，他痛得连站都站不稳，但是他坚持要排长下去，由他来替排长指挥战斗。

但是，排长哪里肯下战场，于是他们就相互搀扶着往前冲。

阻击敌军有生力量

我军战士在 5 月 13 日的战斗中，英勇作战，顺利夺取了敌军阵地。

这使得对方大为恼火，从 14 日开始，南朝鲜军在 20 余架飞机和大批炮火的支援下，开始对我军进行疯狂的反扑。

志愿军二〇一师在刚拿下对方阵地后，就着手准备巩固阵地，打击对方反扑，他们迅速调整了兵力部署。

志愿军在攻占科湖里南山之后，南朝鲜军据守的"十字架山"便完全暴露在我军面前。

对方的"十字架山"战略位置十分重要，南朝鲜军在此设防坚固，号称"模范阵地"、"京畿堡垒"。

如果南朝鲜军失去这个阵地，志愿军就会在军事上给其很大压力，同时也会使南朝鲜军的作战士气受到严重挫伤。

所以，南朝鲜军为保卫其军事要塞，一连三天三夜不停地向科湖里南山阵地发起进攻。

志愿军二〇一师也下定固守阵地的决心，利用这个机会，大量杀伤对方的有生力量。

17 日后半夜，对方炮火向我军阵地发动大规模轰击，炮火还不断延伸，直到凌晨 3 时 10 分才停了下来。

序幕拉开

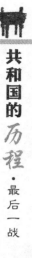
清晨，连长张珍钻出坑道。他正想查看一下地形，忽然有个通讯员跑过来报告说："我们听到 3 号阵地下面的山脚有镐锹撞击的声音。"

张珍大吃了一惊，心想："敌人竟然跑到我们眼皮底下来挖工事了。"

突然，在"十字架山"方向，对方发出两颗绿色信号弹，很明显，这是他们在进攻之前，请求炮火掩护的信号。

张珍急忙返回坑道，用电话命令道："观察所将观察延伸到 3 号阵地山脚，各个阵地注意敌情，准备战斗！"

张珍的话音刚落，对方的炮火就开始轰击了。

但令张珍奇怪的是：对方的炮火今天主要攻击的是我军侧后方的 1 号和 2 号阵地，没有像往常那样集中力量轰击 3 号和 4 号阵地。

张珍想了一下，终于明白了。他把想法告诉了副指导员，二人不谋而合，原来他们都认为：对方是想在攻下 1 号和 2 号阵地后，来个前后夹击，把志愿军一网打尽，好如意的算盘啊！

拂晓时分，对方炮火对志愿军各个阵地上的要点进行了猛烈轰击，企图阻止志愿军对 1 号和 2 号阵地进行支援。

张珍立即向团指挥所打电话："请求炮火支援，猛打黄土梁背后的敌人炮群！"

"好！炮火马上开始支援！"

对方的炮火很快被我军压了下去，但此时 2 号和 3 号阵地山脚的表面阵地已经被对方占领了。

南朝鲜军妄图进一步扩大战果，开始用炸弹和火焰喷射器进一步向坑道发起进攻。坚守坑道的战士们，一时陷入了困境。

张珍在对方炮火被压制的那一刻迅速作出决定：我们要马上扭转战局。

他命令三排长和三班长各带一个班，分别向 2 号和 3 号阵地山脚的表面阵地发起反击，然后会合坑道里的战士，并肩战斗。

经过一阵猛打，2 号和 3 号阵地山脚的表面阵地的南朝鲜军士兵被打跑了。

这时，4 号、5 号、6 号阵地上的战士正在和对方苦战，唯独 1 号阵地方面没有消息传来，张珍心里很着急。

他正要派人前去打探，战士张兴宽跑来汇报说："报告连长，副指导员要我转告你，有人在 1 号阵地上晃动白毛巾，叫你赶快用望远镜看看！"

张珍立即跑出指挥所，果然，他看到 1 号阵地有个人在晃动着一条白毛巾，他将望远镜移动了一下，发现在 2 号和 3 号阵地山脚也有对方士兵在晃动着白毛巾，原来这是对方集结的暗号啊，决不能放过这个歼灭南朝鲜军的大好机会！

于是，张珍站在一块大石头上，一手拿着望远镜，另一只手也使劲地晃动着一条白毛巾。

序幕拉开

果然，对方以为他们已经完全占领了 2 号和 3 号阵地，就开始向这边靠拢。不久，南朝鲜军在 2 号和 3 号阵地的山沟里黑压压地聚了一大片。

等到对方全部进入我军的火力范围之内，只听张珍一声令下，阵地上的所有火器一起开了火，团指挥所还命令炮兵朝 1 号阵地和 2 号、3 号阵地山沟里开炮，直打得南朝鲜兵哭爹喊娘，魂飞魄散。

在这次战斗中，我军消灭了对方大约一个连的士兵。

在 14 日至 17 日打击南朝鲜军反扑的过程中，我军孤胆战士唐凤喜功不可没。

唐凤喜曾经在 1951 年 10 月的秋季防御战中，独自一人坚守阵地两天两夜，一共打退了对方的 7 次进攻，歼灭南朝鲜军 120 余人。

在这次反击战中，他又利用坑道顽强阻击，自己一个人就消灭了南朝鲜兵 70 多人。

巧妙隐蔽战防炮

5月19日晚，是三十三师3个步兵团通过"联合国军"封锁线进入鱼隐山阵地的时间。

鱼隐山，海拔1277米，在文登里公路的西北侧。鱼隐山主峰是我军占领的，而南侧一公里处的1090等高地却在对方的手中。

对方为了守住固有的阵地，曾多次组织兵力、火力进行反扑，妄图拿下鱼隐山主峰，但都未得逞。

而后，"联合国军"的空军频繁地轰炸我军鱼隐山阵地和二级转运站，对方把本来是对空武器的探照灯、高射机枪也都使用在地面上了，将通向鱼隐山的所有大小道路，不分白天黑夜，24小时加以封锁。

根据上级命令，要求三十三师所属炮兵，分别是师属、团属、营属炮兵，在5月20日、21日两个晚上通过鱼隐山封锁地段进入阵地。

我军过封锁线的炮车，每两辆车的间隔为30米，所有车辆都是全封闭行进。

驾驶员个个瞪大眼睛看着前方，副驾驶披着白布单走在车前5米给汽车引路，汽车一辆跟着一辆，不能熄火，不能停止。

炮班的战士们坐在车上，领车的班长或排长站在汽

序幕拉开

车门的踏板上，他既要给汽车司机提醒左拐右拐，又要观察和听着对方的炮弹左右前后弹着点，以便采取一些紧急措施。

在这期间，我军不断遭到对方飞机的空袭和203毫米重榴弹炮的轰击，最后，我军战士在沿途修路兵的帮助下，采取灵活机动的战术，以很小的代价通过了封锁线。

柴汉民所在的连，即九十七团炮营五七战防炮连，上阵地打前站时，不知什么原因，连长选中了他这个文化教员。

柴汉民和连长及一名通讯员打前站，他们的任务就是负责接收兄弟部队的阵地，而且要把全连火炮和人员安全地引入阵地。

他们接收的这个阵地，是在与对方胶着在一起的文登里公路上，即在上、下浦里和柏岘岭的夹沟里。也就是那个不足5公里的地段里，散落着美军54辆坦克残骸的地方。

当时，因制空权在对方手里，美军又仰仗着实力雄厚，炮弹不停地倾泻。所以，白天是美军的天下，晚上才是我军的时间。

志愿军好不容易盼到天黑，按照计划，通讯员伏在下浦里的岔道口接第一辆炮车，柴汉民蹲在上浦里岔道口接应通讯员交过来的炮车，而后通过散落有美军54辆坦克残骸的地段，把火炮引入各排的坑道中去。

谁知，第一辆炮车就"出师"不利，通讯员刚引导它过一段土坎，汽车一歪就半斜在那里，把火炮也抛到一个水沟里，而且还压伤了两名战士。

第一辆引头车抛锚，导致6辆炮车和4辆弹药车都被堵在后面动弹不得了。

恰好这又是一个很危险的地段，停车的地方距离对方前沿阵地仅仅1700多米，一旦天亮，被对方发现，后果将不堪设想。

这时，连长果断地命令：

火炮摘挂，弹药卸车，汽车迅速返回。

接下来，战士们就以排为单位把火炮一门一门往坑道中拉！这个连整整折腾了一夜，却仅把5门战防炮推进了指定的坑道，还有一门火炮刚拉了20多米，天就已大亮了。

这时，对方的校正机也出现在上空。战士们只好将火炮靠拢在美军坦克残骸的椭圆形圈子里，还留下3个炮手、2个弹药手，并让他们钻进对方坦克里隐蔽。

九十七团战防炮连把一门火炮裸露在美军坦克残骸圈子里，5名战士钻在对方坦克里隐蔽之事很快传到了营里、团里和师里。各级首长都很重视战士们和火炮的安全，命令连里迅速改造猫耳洞，以便将裸露在野外的火炮尽快转移到阵地中去。

哪知道，"落户"在对方坦克圈里的炮班战士们却派班长来"游说"连、营首长，认为从"消灭敌人，保存自己"的目的来考虑，这门炮现在的位置比较理想。他们的具体理由是：

1. 美军首尾相连3辆坦克残骸正好瘫在文登里公路的中央，正前方，即敌人的方向两辆坦克中间正好有3米多的一条缝，把我们的战防炮置于这3辆坦克圈中间，射界宽阔，视野清楚，左右共有60度，是理想的射击区域。

2. 敌3辆坦克残骸内圈约5米，完全够战防炮操作了。可以说，这是个合格的发射阵地。

3. 我们这门战防炮置于敌人3块钢铁巨物坦克残骸的防护圈中，炮手和弹药手平时就钻进敌坦克中防身。这可以说：就地取材，变废为宝，在钢甲铁盒之中，确是个最安全的防护场所。

连、营首长认为，这位班长言之有理，有胆有识，就同意他们在对方坦克堆里"安营扎寨"了。

当然，营里也请示了团、师领导，并给这个班特批安装了一部与连部直通的电话。

正如俗话所说，最危险的地方往往就是最安全的地方。裸露于敌人坦克堆中的这门战防炮，自从他们上阵地那天起，直至抗美援朝战争停战那天都丝毫未损，并圆满地完成了它的防护任务。

二、 大举攻坚

● 李承晚对克拉克说："我感到极度失望。你们的政府常常改变立场，你们对大韩民国政府的意见全不理会。"

● 现在是用这片地的时候了，郑维山的脑子里形成了一个颇为大胆的行动计划。

● "我还有个办法！" 一个挺机灵的小战士说，"要是遇到冷炮爆炸声，还可以在轰隆轰隆声音掩护下痛痛快快咳几声。"

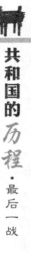

把南朝鲜军作为重点打击对象

经过第一阶段的战斗，美军基本被压服，因而在政治上做出让步，基本上接受了中朝方在此前提出的战俘遣返方案，这使郑维山更加清楚地看到军事打击的重要作用。

同时，美军的让步，也使郑维山预感到反击作战的重点有了向东线转移以打击南朝鲜军的可能性。

恰在此时，美军将领克拉克仍然顽固坚持"不强行遣返，并保证不对战俘进行威胁恫吓"。

另外，李承晚在得知美国政府的政治让步时，勃然大怒，他对克拉克说："我感到极度失望。你们的政府常常改变立场，你们对大韩民国政府的意见全不理会。"

李承晚还狂妄叫嚣："我们必须坚持的一件事情，是让'中共'军队从我们的国土撤退。不做到这一点，就没有和平解决的可能。你们的威胁影响不了我，你们可以撤走所有的'联合国'部队，撤走所有的经济援助，我们将决定自已的命运……"

李承晚后来还告诉克拉克说："美国采取这种绥靖策略是犯了一个大错误。"南朝鲜政府绝不接受这些停战条件。

李承晚的这些举动，让克拉克对他有所不满。克拉克在向华盛顿报告时说，他虽然不知道李承晚会不会铤而走险破坏和平，这位南朝鲜"总统""根本不讲道理，而且他也没有任何理由。他是唯一一个知道他自己能走多远的人。但是，毫无疑问，他要以此来吓唬别人直至最后"。

面对美国和南朝鲜方面所出现的矛盾分化，我军指挥员邓华、杨得志等决定，将原定的以打击美军为主的作战方案，改变为重点打击南朝鲜。

因此，郑维山即与第六十军军长张祖谅、第六十七军军长邱蔚统一了思想，决心连续作战，将战术反击作战规模推向夺取金城突出部。

根据郑维山这一决策，第二十兵团在 5 月 25 日进行补充作战，第六十七军攻占了粟洞山及相毗邻的 690.1 高地，歼灭南朝鲜军 1 个连另 6 个排，并击退南朝鲜军 1 个排至 5 个连 41 次反扑，共毙伤俘南朝鲜军 1750 名。

第六十军攻占了 949.2 北无名高地、949.2 高地西北部和 883.7 高地西北部，歼灭南朝鲜军 1 个连另 9 个排、1 个连部、1 个观察所，并击退南朝鲜军 1 个排至 2 个营的反扑 38 次，共毙伤俘南朝鲜军 1640 余名。

此时，在西线，由于美军在谈判桌上已做了让步，反击规模缩小，仅对土耳其旅一个连另两个排和英军一个连的阵地进行象征性的攻击，对美军的阵地暂未做攻击。

后来土耳其军、英军也做了让步，战争几乎就要停

大举攻坚

下来了。

然而，南朝鲜李承晚坚决反对停战，强行扣留朝中方面两万余名战俘，公开叫嚷"要单独干"，"北进鸭绿江"。

为打击李承晚集团的嚣张气焰，6月1日，志愿军首长决定将重点东移，以打击东线南朝鲜军为主要对象，把战略上的主攻任务交给了郑维山，并将新入朝的第五十四军、第二十一军调归第二十兵团指挥，同时又准备将加强到西线的志愿军炮兵总预备队的两个炮兵团转给第二十兵团指挥。

决定实施潜伏作战计划

随着时间推移，金城地区的大规模反击作战的时机到来了。于是，郑维山开始运筹帷幄了。

要打好这一仗，就要首先攻占973高地和883.7高地等对方前沿阵地的支撑点，然而这又谈何容易！

这两个高地地势高，地形又很复杂，实在是易守难攻。而且防守这几个高地的"联合国军"有一个加强团的兵力，他们的防线被称为"密苏里防线"，这是以美国总统杜鲁门的老家密苏里命名的防线，经营了三年之久。它与美军著名的"密苏里"号军舰同名。

对方把这一防线称为"密苏里防线"，很显然是蕴含坚不可摧的意思。

郑维山的目光突然停留在第六十军阵地前那片开阔地上，在那里长满了茂密的灌木和野草。

春天他去视察时，曾对军里的负责同志说："要保护好这一带植被，不允许在志愿军司令部开会期间敌人接近，发现就打。"

后来，第六十军还组织特等射手，专打对方的零星人员，只要他们一靠近就打。

现在是用这片地的时候了，郑维山的脑子里形成了一个颇为大胆的行动计划。

那一天，郑维山召开作战会议，参加会议的除了第二十兵团的各军领导，还有第三兵团的司令员许世友、副政委杜义德以及李天佑、王平、杨勇、张国华、李成芳等人，第二十兵团作战室大掩蔽部里坐满了人。

郑维山先分析了当时交战双方的形势，随后端出了他反复思考过的方案。

郑维山说："我们以两个军，即第二十一军、第五十四军作两翼保障，两个军，即第六十军、第六十七军作正面突击，一个军，即第六十八军作总预备队，攻取敌当面两个团的阵地，即883.7高地和949.2高地和"十字架山"。分别位于金城以东、东南，是敌稳固金城地区防御的3个强点，另一点为轿岩。打下这3点，等于砍掉敌3条牛腿，使敌金城地区防御失去平衡，有利于我向纵深发展，扩大战果，为第三阶段收复金城地区做准备。

郑维山稍微停顿了一下，又接着说："敌我双方主阵地相距最多3公里，中间又有深谷相隔，步兵怎么集结？我们该怎么打？"

郑维山终于说出了自己的计划："我看可以把部队提前隐蔽到敌前沿，第二天天黑后发起冲击，当晚完成攻击战斗，争取四五个小时抢修工事，补充弹药，天亮后就可有效地反击敌人的反扑。至于我们潜伏多少人，我测算了一下，至少要3000人。"

郑维山环视了一下参加会议的指战员们，又继续说："这不是异想天开。"

接下来，他又分析了我军可以实现大潜伏作战的几个有利条件：

1. 刚才说到的几个点，敌人认为他强我弱，不会料到我从这里下手，可以出其不意。

2. 883.7 高地陡坡下有一开阔地，在敌人看来，似乎是我不可逾越的天然障碍。但该地树丛茂密，地表植被完好，我军可将部队提前潜伏在这里，战斗打响后，直接发起冲击，减少伤亡，节省体力，在进攻接敌冲击的距离和时间上出其不意。

3. 第六十军已有两条坑道挖在 949.2 高地和 883.7 高地的山腿上，可囤积弹药和二梯队。

4. 883.7 高地与 949.2 高地与我阵地前沿之间有一片杂木林，可将炮兵临时发射阵地隐蔽于此。这不仅可增加我炮火射程和准确性，而且由于该区距敌前沿近，不易受到敌纵深炮火的压制，利于发挥我火力。

郑维山讲完，又补充一句："现在请大家提意见，如果有更好的方案，也请提出来。"

此时，50 多人的大掩蔽部里鸦雀无声，出现长时间的冷场。

这早在郑维山预料之中，要同时攻取对方两个团的

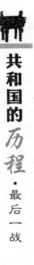

阵地，这是朝鲜战争进入相持阶段近两年以来从未有过的事，大大超出了此前志愿军司令部规定的"攻击目标不超过一个营为原则，最好每个军一次攻灭对方一至两个排到一至两个连"的范围。

另外，在我军没有制空权、技术装备较差的情况下，3000人于大白天进行大潜伏，这在现代条件下的战争中从无先例。

更为重要的是，朝鲜战场在当时已经是全世界都在关注的战场，万一打不好，不仅是生命和财产的损失，而且会影响国家和军队的形象，影响停战谈判的进程。

正当郑司令员运筹帷幄的时候，真是不谋而合，第六十军军长张祖谅也想到了大潜伏作战的计划，并已经作了较为深入的考虑。

所以，在看到大家面对郑维山的计划保持缄默的时候，张祖谅第一个站了起来，他说："支持兵团的作战方案，坚决执行命令，完成兵团交给的攻占883.7高地、949.2高地，歼敌一个团的任务。"

张祖谅首先表示赞成潜伏，使会议气氛为之一振。郑维山、张南生等兵团首长和与会的军长们都聚精会神地静听张祖谅对潜伏成功条件的陈述。

接下来，张祖谅就进攻的方法，使用的兵力、火器，成功的有利条件、不利条件作了一系列的客观分析论证，并对战斗打响后可能出现的种种意外情况、解决的办法及应变措施等，都一一作了说明。

最后，张祖谅说："此次作战，主要是出奇制胜，其主要手段是大潜伏。3000多人在敌人手榴弹都能炸到的地方潜伏一夜，敌人连想都不敢想，我们敢想，而且能做到。对于这一问题，自从第六十军接防以来，我们根据郑司令员的指示，进行了探索演练。先后组织对敌连以下目标反击26次，反击达到全歼守敌的目的。其中有21次都采取了大小不同的潜伏手段，班排连营都搞过。时间从几个小时到两昼夜都演习过，全部取得成功，使用兵力敌我对比基本是1比1到1比3。也就是说，此次反击，歼敌一个团的目标，我用3500人的兵力，只要潜伏成功，就够了。"

张祖谅的发言，有理有据、实事求是地分析了潜伏成功的可能性。与会的同志频频点头，郑维山、张南生等兵团领导人也都感到很欣慰。

张祖谅的话音刚落，第六十七军军长邱蔚站起来发言。他支持兵团的作战方案，坚决要求攻打"十字架山"，完成歼灭对方一个团的任务，并就具体作战的方法、措施作了简要说明。

其他同志陆续发言，赞同郑维山、张祖谅的看法，并分别提出了本兵种、本部队支援这次作战行动的打算。

当然，郑维山也明显地看出，有人对这个方案的大胆十分吃惊，对这么大规模潜伏是怀疑的。

会前有人甚至对他说，新任司令政委都来了，这一仗是不是不要再打了。

大举攻坚

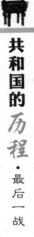

当时对高级指挥人员进行轮换，第二十兵团将由杨勇出任司令员，王平任政治委员。志愿军总部领导已和郑维山谈过话。

在会议召开之前，郑维山已将计划呈交上级领导批示。

当会议接近尾声时，作战室的电话响了，志愿军政委、代司令员邓华来电话："请郑维山同志接电话。"

郑维山接过电话，就听到邓华说："我们已经认真考虑了你们的作战计划，我们认为打883.7高地和949.2高地的条件还不成熟。我们的意见是不要打，请你们考虑一下。"

郑维山回答："我决心已定，打错了我负责。"

挂了电话，他一脸严肃地对与会者说："这一仗一定要打。错了我负责！杀头杀我的！"

张祖谅说："我和你共同负责！"

周密部署潜伏细节

计划虽然提出来了，但大家对将要面临的问题还没有充分认识，所以，指战员希望能发挥集体的智慧，群策群力，让大家共同想办法。

担任主攻敌阵地最高峰 973 高地的第五四二团团长武占魁，来到八连所在的坑道。

八连是突击连，潜伏的地区离对方最近。连队干部已组织班长以上人员到对方前沿阵地勘察过地形，侦察过冲击道路。

八连把侦察的情况摆在沙盘上，以班为单位研究战术和打法，分析潜伏中可能遇到的困难和解决办法。

夜间，他们就在阵地后方选择类似攻击目标的山头，反复进行潜伏冲击和纵深战斗演习。一演习，问题就暴露出来了。大家把出现的这些问题记下来，第二天在班务会、连务会上进行反复研究，然后再把想到的新办法搬到演习场上实践。

"我再提个问题！"一个操着四川口音的战士一边抽烟一边说，"潜伏区离敌人那么近，一咳嗽，让敌人听见咋个办？"

"小问题。"旁边一个山东口音的战士说，"你不会把烟戒了？"

大举攻坚

"就是不抽烟，嗓子痒了还是要咳嘛！"那个四川战士接着说。

"对！这确实是个问题。"班长也说，"一个人咳一声，大家都咳起来，还不像打雷？应当研究一下止咳的办法。"

紧接着大家围绕潜伏中的咳嗽问题，开始七嘴八舌地进行讨论了，战士们想出了各种办法。

"要是用尽所有办法还止不住呢？"有个战士问。

"有办法！"班长说，"头天晚上摸地形，我忽然想咳，就用手在地上挖了个小坑，嘴上堵着毛巾，埋进小坑咳嗽，声音就小多了。"

"我还有个办法！"一个挺机灵的小战士说，"要是遇到冷炮爆炸声，还可以在轰隆轰隆声音掩护下痛痛快快咳几声。"

"俺还有个问题！"一个操着河南口音的战士说，"要是睡觉打呼噜，敌人听见咋办？"

"那就想办法不睡觉。"有人说。

"万一困得眼皮打架，咋着？"还是那个河南口音。

"我有个好办法。"一个四川战士拉长声调说，"出发时，兜里装几个辣椒，困起来把辣椒放在嘴里狠狠咬上一口，保证你的瞌睡虫都给吓跑了！"好一个绝妙的点子，全班都笑了。

"我提个问题，大家讨论一下。"班长发言说，"要是潜伏中被敌人冷枪冷炮打伤了怎么办？"

这个问题显然和每个人都有密切的关系，加上问题的严肃性，会场一下子变得安静下来。

"我来说。"那个爱抽烟的四川战士语调缓慢而稳重，"我们绝不能'一颗老鼠屎坏了一锅汤'。这么大的部队，战斗又这么重要，谁要是当了软骨头，打伤了哼哼叽叽，乱爬乱动，让敌人发现我们，谁就是全军、全国人民的罪人！我保证，打伤了不乱叫，不乱动!"

战士们都在抢着发言，不同乡音表达着同一个决心：

　　保障集体的安全，换取战斗的胜利！即使要粉身碎骨也在所不惜！

就这样，八连战士们为了保证潜伏的成功，为了战友少流血，在不断地寻求潜伏作战的方法，这对潜伏作战的最后胜利起到了很大的促进作用。

除上面一些问题外，潜伏中的通信工作也是一件很复杂的事。潜伏中不能有一点声响，摇电话不能响铃，打电话不能出声。而潜伏部队在一昼夜时间里，又必须随时同上级指挥所保持联络。

为了解决秘密通信手段，通信科长、通信营长、通信股长、通信连长们都绞尽了脑汁。他们规定：

　　有线电通话，潜伏部队随时待机守听，不

大举攻坚

得高声讲话，有情况用预先规定好的暗号吹送话器，或按开关表示；团指挥所向潜伏部队讲话时不得摇铃，应先持机呼叫。无线电、步谈机在潜伏中严禁发信号。除情况紧要，除部队被敌发觉、战斗打响或有线电被破坏，方可开机联络，但也只限于被察觉或打响的部队的机器。

关于防止潜伏战士背上的手雷被对方打着，张祖谅和师、团干部以及战士一起商定了个办法：把手雷的背带用铁丝搞成活扣，或用一根绳子把背带在胸前勒紧，潜伏时，解开它，使手雷袋能够转动。卧倒后，将手雷袋转到胸前，把手雷压在身体下面，用身体作掩护。关于防备对方打燃烧弹，大家说对方不可能打燃烧弹。因为距敌人太近，对方也怕烧到他们自己。

万一要发生这种情况，草木葱绿，先烟后火，我军可借着浓烟遮蔽，解去身上佩带，在火中碾滚、扑救。

连日来，张祖谅一直在想，要打掉对方一个团的主阵地，要派那么多战士潜伏到对方眼皮底下，一旦有个闪失，一旦我军的作战企图被对方识破，那该怎么办呢？大潜伏，就是大冒险。不仅军的首长们担心，兵团首长担心，连志愿军的首长也很担心。兵团首长把第六十军突击连队的干部叫到兵团部，把祖国慰问的慰问品拿出来招待，详细询问了潜伏准备工作的各项细节。

兵团首长指示，要注意冲击道路的坡度。潜伏时，山地死角固然可以利用，但是，战斗发起时，坡度太大，攀登就比较困难，这会增大伤亡。

志愿军代司令员邓华、副司令员杨得志、参谋长李达等将军们，决定亲自听取作战部队汇报。为了让军、师首长集中精力抓好作战准备，他们还特地嘱咐："汇报情况只要参谋来就行。"军长张祖谅、副军长兼参谋长邓仕俊得知志愿军首长要亲自听取汇报，并且指示只要参谋去就行，非常感动。

为了把战斗准备情况向首长汇报得更清楚，根据他们的指示，司令部组织制作了一个关于战区地形的特殊"沙盘"，按照五万分之一的地图放大了10倍，并对与实地有误差的地方作了修正，对对方的一些重点设防之处和不易察觉的低凹处又作了写景。

这个"沙盘"共有4个乒乓球桌子那么大，可以拆装组合。"沙盘"以各种颜色的模型定位标明，成了我军潜伏和突破对方防线作战的缩小了的标本实体。

指战员命令战士们把"沙盘"装在两部卡车上，由3名熟悉情况的作战参谋和侦察参谋带去汇报。

为了让领导了解得更生动，还派了3名侦察员，按潜伏战士的着装全身披挂，以便向志愿军首长作汇报表演。另外，他们也担负着保卫"沙盘"安全的押运任务。

张祖谅、邓仕俊在送3位参谋上车时，紧握住他们的手嘱咐说："要如实向首长汇报情况，但一定不要提困

大举攻坚

难，不要叫苦。"军司令部侦察参谋李一平、第一七九师作战参谋张志民、第一八一师作战参谋麦好礼，从汇报准备到汇报的要求上，都深切感受到张祖谅那严谨细致的工作作风和处处为全局着想的大将风度。汽车在晨光朦胧中向北疾驶，几个小时之后就来到志愿军司令部驻地。

先是汇报作战部署。邓华、杨得志、李达以及志愿军司令部的作战、情报、通信、炮兵、后勤等部门负责人都出席了。将军们对张祖谅决定用 3 个团各打一处，每个团又多路实施攻击，正面进攻和侧翼迂回相结合的部署表示满意。

邓华说："抄后路，出奇兵，仗是攻坚，兵力不能平推。要破惯例，要出奇，奇得让敌人摸不着头脑才好！"谈到"潜伏"，参谋们汇报得很详细，首长们问得更详细。参谋们说，参战部队都经过了潜伏演习。演习中曾发生这样的故事："假设敌"在模拟的对方阵地上严密监视了 3 天，中间下了一场雨。3 天过后，他们回来发牢骚说："叫我们受洋罪，为什么潜伏的部队没有去？"

问他们发现了什么？他们回答说："当然有发现了，第二天，有一队人，从南往北走，其中还有女的。"

其实，这些"假设敌"不知道，那天下午，他们刚"占领"阵地，摆开监视的架势。就在他们的眼皮下，潜伏部队从黄昏开始下山，通过沟底，爬上沟对面，进入了"潜伏区"，而后整整潜伏了 24 小时。

演习指挥员轮流值班，巴望着看到"假设敌"发现情况的信号，可是一直没有看到。

至于那一队人，是祖国慰问团的文艺演出队，走在潜伏区内的一条小路上，是从团部到营里去。

就是这队人，也没有发现在他们走的小路旁藏有一批潜伏部队。

演习潜伏的部队回来说，有的战士看到这一队人的脚上除了穿黄解放鞋外，还有一个穿蓝色力士鞋的。一查，这是参加演出的一位女同志穿的。

而"假设敌"们眼睛只盯着树丛草地，关于潜伏部队的任何情况都没有发现。邓华等首长们听了汇报，惊奇而又高兴地笑了。

他们听说3个侦察员都参加过潜伏演习，便叫来问了个仔细，诸如伪装、防撞、抑喷、解困等，还把包水壶的布袋解下来看是否能装大便用。

邓华说："上面的袋口应该大些嘛！"

当侦察员伏身就地作业时，首长一眼看见背上的手雷，便问道："敌人打中了手雷怎么办？"

"敌人打燃烧弹怎么办？"

"报告首长，学习邱少云同志，至死不动！"侦察员回答。

邓华面色凝重地点点头，说道：

战士们视死如归的精神是可贵的，可是我

大举攻坚

们要设想到各种可能发生的情况，尽最大可能减少伤亡。

汇报从 13 时进行到 22 时。晚饭也是送到"沙盘"前，每人一碗，大家边吃边谈。

汇报结束后，邓华特别强调了两手准备：如果潜伏暴露，奇袭不成，就要立即强攻，及时投入后续部队。

邓华还说："每个团要有救护组织，人要多一些。部队打上去以后，及时抢救，转运伤员和烈士。这个工作一定要重视。"

最后，邓华问汇报的参谋："我们说完了，你们还有什么意见，有什么困难？"

参谋李一平等想起临走时张祖谅军长关于不要叫苦的交代，因此谁也不吭声。

首长们一一点出：物资？运输？医务？当点到炮兵和炮弹时，3 位参谋忍不住笑了。

邓华等首长终于明白了，当即作出指示，战斗发起之前，把炮兵第七师的一个团配属给第六十军。李一平等返回军部，向张祖谅等军首长详细传达了志愿军司令部首长的指示。

张祖谅听完之后，对军部的同志们说："对首长的指示，要一件一件地落实。"关于做好万一潜伏被对方发现改为强攻的准备，张祖谅和邓仕俊等根据志愿军司令部、兵团首长指示，进行着周密的准备和部署。

潜伏阵地的无声战斗

在一切准备就绪之后，志愿军计划于 6 月 9 日晚进入潜伏区。

当 6 月 9 日的夜幕降临时，张祖谅军长及军里的其他首长，分别到各参战部队出发点同参战部队握手送行，并祝大家胜利归来。

19 时左右，各潜伏分队开始按计划向各自潜伏区域开进。

在进入潜伏区时，后面的战士踏着前面战士的脚步前进，衣服刮破了，手脸出了血，大家都咬紧牙关忍着不出声。

到 10 日 4 时前，3000 余名勇士在对方阵地前潜伏完毕。潜伏队员距离对方的直线距离还不足 200 米，就连咳嗽、打呼噜对方都能听得见！

潜伏部队到达潜伏区域后，指战员们依据地势潜伏在大树下、草丛里、岩石边……时值夏季，气候闷热，衣服一次又一次被汗水湿透。

经过长时间的行军，我军战士体力消耗都很大，潜伏后不久困乏就向他们袭来。为了避免入睡后失去警惕被对方发现，许多人靠咬手指来驱走困意，时间长了，鲜血染红了他们的嘴角。

大举攻坚

战士们任凭蚊虫叮咬他们的面孔，蚂蚁在他们身上爬来爬去，毒蛇在他们身边游荡……

我军炮兵有目的无目标地打着冷炮，按计划和规定的信号，每隔一段时间连打几炮，保护隐蔽在草丛中的战士们翻个身。

所有这些困难，潜伏人员都以惊人的毅力克服了，3000 人在长达 19 个小时的潜伏过程中，竟无一人违反潜伏纪律暴露目标。

倒是"联合国军"觉得这宁静的气氛过于难耐了。

14 时，第五四二团和第五四三团突然向指挥所汇报："有一股敌人在接近我军潜伏区！"

所有指战员的心一下子悬了起来。

"立即用炮火干掉他们！"张祖谅果断地发出命令。

我军监视炮火立即向对方送去一排热烈的"慰问炮"，打得对方狼狈逃窜。

10 日 18 时左右，对方似乎感觉到气氛不对，"联合国军"开始胡乱开炮，有几发炮弹落在了志愿军潜伏区内。

五三五团五连战士张保才腿部中弹，鲜血直往外冒，若不及时包扎就会有生命危险。

可是，此时此地若人员一动，就会暴露目标，精心部署的作战计划将付之东流。

为了让战友们看不到他痛苦的表情，张保才咬紧牙关，趴在血泊里，就这样，他以惊人毅力在剧烈疼痛中流尽了最后一滴血，始终未出一声！

五四二团的战士苟子清腹部中弹，肠子都流出来了，但他硬是没有叫一声，自己把肠子塞回肚子里，而且还想用毛巾裹住伤口继续作战，但不久就因流血过多而牺牲了。

在整个潜伏期间，先后涌现出 15 位像张保才、苟子清这样的英雄，他们用鲜血和生命保证了我军潜伏任务的完成。

大举攻坚

创造阵地战奇迹

此时的郑维山，坐在指挥部里，一动不动。直到太阳落山，他才站了起来。

师、团指挥员们陆续离开了观察所，回到自己的指挥所。

担任主攻最高峰 973 高地的第五四二团指挥所布置得好像要举行盛大典礼一样。他们在坑道中央并排摆了两张桌子，桌子上倒立的炮弹壳里，插着几束盛开的金达莱。在鲜花的前面，摆着祖国人民和朝鲜人民慰问的香烟、苹果和水果糖。

有来自祖国的作家、记者，也有兄弟部队来参观学习的干部。尤其是那些记者，他们准备随时对战况进行报道。

指挥员坐在桌子旁边，拿起电话机和首长对了表。在方圆几百里的深山峡谷中，500 多门火炮，3500 多名指战员，要协同一致地去歼灭有坚固防御阵地的敌人一个团，没有统一的时间是不行的。那时没有标准台对时，要以上级首长的表为准。

20 时 20 分，二十兵团司令员郑维山导演的炮战首先开始。

成千上万发炮弹呼啸着倾泻在对方前沿阵地上……

几分钟后，我炮火向对方纵深转移，对方以为我步兵要发起攻击，都钻出了掩蔽部，想利用其坚固野战工事和猛烈的火力将我突击部队阻挡在阵地前沿之外。

谁知数分钟后，我炮火又打了回来，来不及钻进坑道的"联合国军"士兵被炸得血肉横飞。

第三兵团司令许世友，见郑维山如此善用炮火，拿起电话对郑维山说："好！郑司令员给咱上回锅肉了！"

郑维山笑着回答说："等着吧，今天还有红烧洋鬼子呢！"

话音刚落，炮兵第三次急射开始。刚出现在朝鲜战场不久的苏制"喀秋莎"火箭炮加入战斗，一个集团猛射，成千上万条火龙飞向对方前沿野战工事，山崩地裂，对方阵地顿时成了一片火海，把半边天空都映红了。

潜伏部队的攻击终于开始了。

战斗进行得相当顺利。不过令人遗憾的是，当时我军的通信器材实在太落后了，部队向前冲锋时，团、师、军指挥所几乎只能靠空中的信号弹来了解冲击进展的情况，甚至连信号枪有时也难免出现故障。于是，在战斗中就出现了一些令人提心吊胆的时刻。

第五四二团第三营本来已经攻上 973 主峰，可是有线电话没架通，无线电呼叫不上。

第一八一师师长钟发生打电话向团长武占魁了解情况，武占魁汇报了自己的判断，但是，钟发生还是担心部队没打上去。

大举攻坚

由于通信联络不畅，武占魁只好派战士到前面了解情况，并要求他立即汇报。

团长、师长着急，军长、兵团司令也着急。

郑维山还亲自打电话给张军长："张祖谅吗？怎么搞的，仗才开始就放羊啦？"

"郑司令放心，我们有把握！"张祖谅很有信心。一小时后，973高地主峰升起了一面红旗。

原来，第八连冲击正面崖高坡陡，八连攀登不上，跟进指挥的营长负伤了，连长也牺牲了，政治教导员率领突击队绕道迂回才得以突破。

在距主峰只有100米时，又被铁丝网拦住去路。关键时刻，火箭筒班班长李云峰连续3次扑到铁丝网上，让战友们踏着自己的躯体，冲上高地，终于在21时28分，在第五四三团第四连配合下，全部占领了主峰。

战斗结束后，战友们才发现，李云峰被炮弹片炸伤6处，浑身上下，数百处被铁丝网扎破，整个成了一个"血人"。

22时，攻击战斗全部结束。仅仅70分钟，南朝鲜军第二十七团阵地即全部落入第六十军之手，守军大部被歼，还搭上了南朝鲜五师的师部搜索连。

这个时候，对方将领崔弘熙才反应过来，按照常规，他将纵深支援炮火调整过来，猛烈轰击第六十军的攻击道路，以拦截后续部队跟进。

可他又错了！这时，第六十军攻击部队的二梯队已全部随突击队跟进，883.7 诸高地的攻防兵力已经充足，就等着打反扑了。

第六十军，首创了阵地战以来一次歼灭对方一个团的模范战例。

战况令所有的人，包括志愿军总部首长感到十分兴奋。潜伏突击队共用了 70 分钟就攻占了预定目标 973 高地和 883.7 高地，歼灭南朝鲜军二十七团第二营、第三营和师部搜索连等。

由郑维山策划和导演的一场 3000 多人的大潜伏，创造了朝鲜战场上的一个大奇迹。

大举攻坚

粉碎敌军疯狂反扑

在潜伏作战成功后，我军又面临着如何应付"联合国军"的反扑这一问题。

此时郑维山开始"激将"，他告诉第六十军军长："你的对面，是敌人一个军团4个师，还有美一个空军联队，天亮敌人肯定要反扑，告诉部队要做好与敌长时间拼杀的准备，你要顶不住，早说话，兵团二梯队第二〇三师和第六十三师配在你后面。"

张祖谅一听："这是什么意思？"

他抓起电话，开始一个团一个团地问情况。张祖谅也来了个激将法，他在询问每个团情况时都要加上一句："郑司令说了，我们要是不行，预备队随时可接替我们。"

那些师长、团长们谁不明白，拿下上述阵地，基本用的都是潜伏的部队。军里的预备队和各师预备队都没有用上呢，岂能让兵团二梯队白白上来"捡便宜"！

天亮后，"联合国军"果然在飞机、大炮掩护下开始疯狂地反扑。我军依托既得阵地顽强抗击对方，连续打退了对方10多次冲锋。

"联合国军"依然投入了强大兵力，不停地向六十军各阵地猛烈地进攻，企图用集中主力、轮番进攻的方法夺回被我军占领的阵地。

中午，张祖谅打来电话，直接找郑维山。

郑维山接过电话，就听张祖谅在电话里喊："郑司令，883.7 高地弹药告急，请兵团支援。"

郑维山想也没想，就说："知道了，我马上想办法给你送！"他清楚张祖谅不是遇到特别困难是不会求援的。

放下电话，郑维山往前沿阵地看去，那里，几十架飞机在轮番轰炸扫射，爆炸声不绝于耳。

怎么送？靠人背肩挑，解决不了问题。用车辆送，难躲飞机轰炸。郑维山走出掩蔽部，警卫员紧跟着他来到存放弹药的坑道。站在坑道口观察了几分钟，郑维山下达了一个令人吃惊的命令。

郑维山说："看到没有，敌人这一批飞机拉起转弯，再飞回来要 10 多分钟。我们在坑道里将弹药装好，10 辆车一起冲出坑道，等它飞回来，我们早上去了。"

这一招还真灵。10 辆满载弹药的汽车，趁敌机转弯时冲出坑道，直奔 883.7 高地。当对方明白过来时，10 辆车已到达安全地带。

当对方集中力量向第六十军阵地反扑之时，郑维山采取了声东击西的战术，他又向右翼的第六十七军发出一道命令："你们立即向'十字架山'发起攻击！火力要猛，动作要快。"

第六十七军的将士们早就等着动手的命令，现在时候到了。"十字架山"顿时枪炮声大作，第六十七军一鼓

大举攻坚

作气冲上山头，对方第八师第二十一团大部被歼。

面对第六十七军突然迅猛的攻势，美军司令官泰勒的指挥部里乱成一团，泰勒匆忙调兵遣将，企图阻止第六十七军扩大战果。他哪里知道，郑维山用的是声东击西之计！

6月14日，郑维山准备的兵团二梯队两个师分别从东西两侧同时加入战斗，向对方第五师949.2高地和第二十师六十二团1089.6阵地发起猛烈攻击。

我军战士作战勇猛，进攻神速。《韩国战争史》把这场战争作为战例记了下来，在书中讲到：

6月10日日落西山，第五师与往常一样，第二十七团、第三十六团的警戒组在前沿埋伏，执行夜间警戒。这时中共第六十军开始炮击我阵地，并以两个团兵力在中东部战线掀起狂风波浪，矛头指向师的东侧翼。第一八一师10日下午在松亨集结待命，傍晚开始沿五峰棱线东西两侧分进突入。首先，在第五师左翼949高地，敌人投入一个连规模兵力佯攻，牵制我军。20时前后，敌人突然发射一万多发炮弹，向师的右翼第二十七团发起进攻。敌两个营尾追第一连冲向973高地。前哨阵地被突破，主阵地崩溃。第二十七团预料到敌人会发动大规模进攻，做好决战准备。这时敌炮火更加猛烈，在883高地、949.2高地主抵抗线一带爆炸，使人寸步难行。有线通信被炸断，阵地一片混乱。这时，敌我炮击达到高潮，爆炸声震天动地，949高地东山坡一片火海。第二十七团丢失973高地和883高地，右邻第六十二团阵地依然平静。由此推断，敌人集中兵力攻击第二十七团的目的，显然是逼第五师从北汉江东侧突出部撤走。

《韩国战争史》曾对朝鲜战争中志愿军取得的战果大加贬损，并对"联合国军"方面的战绩极力吹捧，因而有诸多失实之处。但是它对我六十军发动的这场进攻的记述，却基本上还是准确的。

"联合国军"第五师招架不住，退至第二道防线，打到15日零时，对方五师的部队开始向南溃逃并炸毁了北汉江上的六座桥梁和大量渡河器材，混乱中不少人掉入江中，丢弃的重型装备随处可见。

南朝鲜军第二十七团第一营营长崔奎宣中校，在后来回忆他当时的惨状和心态时说道：

战斗开始时，我方遭敌数万发炮弹的轰击，我团防守阵地遭到的炮击尤甚。虽然预料敌人发动进攻，但直到敌两个营出现在我营阵前时，才知道进攻规模之大，在这种情况下与敌对抗，其残酷性难以言状。血战中，两个连的连长和营搜索队队长全都战死，伤员剧增，主抵抗线崩溃。973高地丢失后，第三十五团前来增援，经3昼夜苦战，非但没有成功，连第三十五团也损失过半。晚上接到撤退命令，但这时已无退路。在100号公路上，中共军人来人往，北

大举攻坚

汉江上的桥已经毁掉，加上到处是我军装备的爆炸声和火光，更加重了士兵的恐惧心理，好像敌人就在身边似的，于是竞相跳江逃命。有的士兵抱着橡胶睡垫，有的则徒手游渡。这中间有20多人丧生，我也因中途抽筋几乎丧命。

从11日开始，南朝鲜军第五师和预备队第三师在泰勒的严令之下，连续进行反扑。至14日，我军共挫败"联合国军"1个排至4个营兵力的进攻即达190余次之多。

第六十军部队在强大炮火支援下，依托敌人奉送的坑道工事不断组织阵前反击，先后毙伤俘敌7000余人，连连粉碎敌人的疯狂进攻，完全巩固了阵地。

这时的第六十军，攻若猛虎，无坚不摧；守若磐石，稳定如山。

张祖谅，打了个翻身仗！

在战斗结束后，中国人民志愿军、朝鲜人民军联合司令部发来嘉奖令。电文称：

我军六十军此次反击883.7高地和902.8高地战斗，是我从敌一个团阵地同时突击，并占领了该团的主峰阵地，仅经70分钟战斗即创歼敌一个团大部的范例。这说明了只要我们战前真正做到充分周密的准备和细致的组织步炮协同，并把指挥的技巧与部队的英勇顽强相结合，同时冲锋突破敌一个团的防御阵地是完全可以的。我六十军首创我军防御作战以来一次歼敌一个团大部的范例，特予通报表扬。望再接再厉，继续稳扎狠打，争取更大的胜利。

中国人民志愿军朝鲜人民军联合司令部
1953 年 6 月 12 日

大举攻坚

一八〇师再打潜伏战

在 3000 人大潜伏作战结束后，一八〇师主动请战，力求一雪前耻。

师长李钟玄在调动起全军的士气之后，拿起电话，向军里提出了作战请求。

过了大约一个小时，军长张祖谅亲自回了电话："李钟玄吗？军里已经批准你们的作战请求了。为了打好这一仗，军里还决定在战斗打响后，以一八一师的 2 个连直插敌后，断敌归路；利用一七九师的 4 个连分别向 586.1 高地和 706 高地发起攻击；三十三师以 3 个连的兵力攻击 1089.6 高地，接应你们。"

听完军长的话，李钟玄兴奋地说："太好了！我们打好这一仗的把握更大了。请军长放心，我代表我们师全体指战员向你保证，我们决不辜负全军将士的期望，一定打好这一仗！"

之后，一八〇师开始布置作战了。为了缩短与对方交战的距离，我志愿军战士在战前构筑了一条长 125 米的坑道，通向"方形山"阵地。

6 月 14 日，第一八〇师潜伏部队提前一天全部进入指定区域。

南朝鲜军对我军的这一举动未作任何防范，我军的潜伏除偶尔遭受对方零星冷炮的攻击，有几个战士伤亡外，还是很成功的。

20 时，随着一组信号弹飞向天空，我军一八〇师的108 门大炮朝着对方阵地一齐开火。

在历时 15 分钟的炮火准备之后，"方形山"的阵地表面工事已经被摧毁了 60%。我军炮火刚一延伸，各攻击队就紧跟着发起冲击，主攻部队沿着山脊直上主峰。

一八〇师的这种打法，使南朝鲜军原来的部署全部被打乱，他们阻拦射击的炮火也都打空了。

我军步兵分 9 路同时向对方的 9 个目标发起攻击，将南朝鲜军第五师防守部队分割成好几段，使其首尾不能相顾。

正当南朝鲜军步兵傻傻地躲在防炮洞里等着我军的炮火延伸时，一八〇师的突击分队已经冲上了 949.2 高地。随着一排排手榴弹的投入，洞里的南朝鲜军集体去见了阎王，五三九团尖刀连第一连一举攻占了 949.2 高地腰部的十字交通坑。

该连三班副班长彭换新又迂回炸毁了对方的几个火力点，在山梁上和班长会合。

山上的南朝鲜军见势不妙，急忙逃入坑道躲避。班长陈云和带头向对方坑道冲过去，但却不小心中了来自里面的暗枪。

彭换新见此情形，迅速从一个战士手中夺下炸药包，将导火索点燃后投入了坑道。随着一声巨响，团团的黑烟从里面冒了出来。战士何立佃乘机又扔进去一个炸药包，坑道被炸塌了，对方的残余势力被埋葬在坑道里。

这时，担任主攻949.2高地的突击队八连也已经攻上了主峰。

经过21分钟的战斗，第一八〇师进攻部队全部占领了949.2高地，全歼南朝鲜军第五师第三十五团一营，消灭其二营一部。

在第五三九团占领949.2高地主峰的同时，第五三八团、五四〇团和六〇九团也都攻占了既定目标。

至此，一八〇师打完了扬眉吐气的一仗。

军长张祖谅在得知一八〇师大获全胜的消息后，他立即会同军里其他首长联名致电祝贺一八〇师。

电文如下：

第一八〇师全体指挥员：

祝贺你们的胜利。你们以英勇顽强的战斗作风与机智灵活的指挥，一举攻占敌军另一主阵地，即949.2高地，并乘胜追击，将战线推至水洞里、孙佑目一线，捷报传来，全军振奋。

你们打得英勇顽强，完成了任务，这是你们的光荣，也是全军的光荣。

三兵团首长也给六十军首长发来电报祝贺说：

得更大胜利，尤其是一八〇师动作迅速，歼敌一个整营，夺取了多处敌军阵地，全军闻之不胜喜悦，特致电祝贺。

对于这次战斗，南朝鲜军第五师师长韩信是这样忆的：

883 高地、973 高地落入敌手后，第三十五团和增援的第三师第二十二团进行了反击，结果反击均遭失败。最后，这两个团损失太大，连第二道防线都无法防守。

高地争夺战

1953 年夏季反击战役，第六十军攻占"方形山"、883.7 高地、973 高地后，使 949.2 高地的南朝鲜守军失去了右翼屏障和前沿支撑点，陷于孤立和背水作战的状态。

6 月 14 日晚，按照预定计划，第六十军乘对方无力继续反扑之际，以第一八〇师 3 个团和配属该军指挥的第六十八军第二〇三师 1 个团，在 408 门火炮的支援下，分别向 949.2 高地、628.6 高地发起进攻。

为配合第一八〇师正面作战，第一八一师以 2 个连的兵力插入水洞里、三幕谷敌之侧后，第一七九师以 4 个连的兵力攻击 902.8 高地以南之敌。

第一八一师的穿插部队动作神速，直插到北汉江北岸南朝鲜军后的水洞里、三幕谷一带后，炸毁了两座大桥，截断了对方的退路，保证了战斗的胜利。

为配合 949.2 高地的进攻作战，三十三师奉命攻夺鱼隐山以南 1089.6 高地主峰。

1089.6 高地一带，都是海拔 1000 米以上的险峻的山岭。

文登里西侧的鱼隐山及其南侧一公里处的 1218、1089.6 等高地形成的山脉，其中最高峰已被志愿军占据，南朝鲜军处于被志愿军俯瞰控制下的不利地形。

南朝鲜军第六十二团在这里共布置了第一营和第三营的6个连的兵力。

南朝鲜军第二十师师属第五十七炮兵营担任直接支援。同时，在1089.6高地的南朝鲜军还可以随时得到师和军团炮兵群的火力支援。对方从5月22日开始，配属师工兵营一个连，加固阵地，做好战备。

6月14日晚，志愿军利用黑夜向1089.6高地进行猛烈炮击，同时，以3个连的兵力发起进攻。

21时30分，南朝鲜军第二连警戒组报告："敌人3个连正向1089.6高地西侧发起进攻。"

10分钟后，志愿军集中各种火炮对南朝鲜军第二连和第三连整个阵地进行炮击。

顿时，1089.6高地变成一片火海。

由于志愿军的炮击极其猛烈，南朝鲜军两个连同营指挥所的有线通信被切断，出现了不少伤亡。

南朝鲜军第一营营长崔熙大一面请求紧急火力支援，一面令第三连和第二连固守阵地。

这时，志愿军已经冲入对方第二连阵地，南朝鲜军连长紧急请求炮兵向阵地内实施空炸射击，并命令全连进入坑道。

由于对方的炮火射击十分猛烈，暴露在阵地表面的志愿军于23时被迫撤退。

对方以为志愿军撤退了，就从坑道里跃出来整理队

大举攻坚

伍，这时还没撤退下山的志愿军攻其不备，又同后续兵力相配合重新冲入对方阵地。

因此，对方就再次请求火力反击，南朝鲜军炮击开始，志愿军便又立即退却，这样反复几次，令当晚南朝鲜守军即损失一大半兵力，丢失了左翼第三排阵地。

但是由于地形复杂，志愿军在主攻方面受阻了。

南朝鲜军第二连的一部分阵地被志愿军占去后，崔熙大命令第二连在拂晓前夺回失地，同时抽调预备队第一连的一个排开进第三连，加强了 1089.6 高地的防守兵力。

南朝鲜军第二连决定以第一排向西侧迂回攻击志愿军侧后，连长带领第二排和第三排从正面发起攻击。时间定于 4 时 50 分。

15 日晨 4 时 50 分，南朝鲜军按预定计划发起冲击，逼近到离被志愿军夺取的阵地前 100 米，但随即受到志愿军集中炮击，南朝鲜军的队伍被打散。

南朝鲜军退至山腹整理部队后，又于上午 9 时在各种火炮的支援下发起两次冲击，但都被志愿军击溃。因此，南朝鲜军不得不又退下来准备第三次反击。

这次，南朝鲜军以第三排和火器排从正面攻击，第二连连长带领第一排和第二排从东侧迂回攻其侧后，志愿军看对方火力凶猛，为减少伤亡，主动撤退。

南朝鲜军第二连恢复了丢失的阵地，但兵力损失却很大。南朝鲜军也知道志愿军不会善罢甘休，将继续发动进攻。为此，崔熙大决定以预备队第一连接替第二连，并命令第三连以1089.6高地为中心加强戒备。

志愿军直到夜幕降临时分才开始炮击1089.6高地一带，22时炮击变猛，随即两个连向1089.6高地正面及其左翼南朝鲜军第二连阵地进攻。

南朝鲜军第三连在志愿军猛烈炮火的打击下，只剩下一个排的兵力。

23时，志愿军一个加强连冲到阵前，然后与后续的一个排相配合突入对方阵地，与南朝鲜军展开短兵格斗，占领了阵地的一角。

南朝鲜军连长呼喊炮兵实施火力反击，并命令全连进入坑道。

但志愿军又采取老战法，一遇对方开炮就撤退到有利地形隐蔽，对方的炮击一停就冲上去，南朝鲜军第三连终于黔驴技穷，在23时50分溃退到南山脚下。

夺取1089.6高地后，志愿军第三十三师的战士们便乘势向南朝鲜军左翼第一连冲击。

经过一个多小时的激战，志愿军完全占领1089.6高地及其东西山脊，歼敌两个连全部和一个火器连大部。

南朝鲜军在失去1089.6高地后，第二十师将第六十一团第十连配属给第一营。

营长崔熙大将该连当作预备队，准备以第三连为主力，夺回1089.6高地。

16日4时，南朝鲜军第三连以第一排和第二排进行

大举攻坚

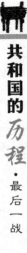

火力掩护，以第三排发起反冲击。然而，志愿军进行顽强抵抗，尤其是机枪火力格外猛烈，致使南朝鲜军第三连的反击受挫。

这时，志愿军急袭对方第一连阵地取得成功，于6时30分占领阵地。

南朝鲜军接连丢失阵地后，第二十师师长宋锡夏和第六十二团团长洪淳龙都很惊慌，命令崔熙大必须夺回1089.6高地。

13时30分，南朝鲜军第一营以第一连在现阵地进行火力掩护，崔熙大亲自到攻击发起线指挥第三连向志愿军发起了进攻。

当南朝鲜军炮火延伸时，第三连向志愿军阵地发起冲击，但遭到志愿军的顽强抵抗，其死伤惨重，南朝鲜军第三连不得不退至山腹，呼喊炮兵进行压制。

16时开始，南朝鲜军炮兵向山顶进行30分钟空炸射击。空炸射击是将炮弹设定在空中爆炸，这种方式对暴露在地面的人员杀伤力尤其巨大。炮火射击后，南朝鲜军步兵向志愿军发起了冲击。

经过4个小时的反复攻击，南朝鲜军第三连终于夺回了阵地。

但到了21时30分，志愿军开炮反击，22时以一个连冲向1089.6高地东侧，同时志愿军又向西侧冲击，南朝鲜军两面受击，很快溃退。

美第十军军长怀特中将害怕志愿军居高临下地向东

攻击，威胁重要的文登里公路，急忙调预备队南朝鲜军第七师增援南朝鲜军第二十师，接防其第六十二团的一部分阵地，怀特还将第七师的炮兵群配属给第二十师加强其火力。

后来又根据金允焕的紧急请求，6月17日晚，美军和南朝鲜军的各种火炮从22时30分开始，不断炮击1089.6高地和它的补给线路，同时以空炸射击压制志愿军。

18日3时30分，南朝鲜军第九连沿着北侧山脊向目标进击。

不过，这早在志愿军的意料之中，他们在这里加强了兵力，严阵以待。

当南朝鲜军第九连利用暗夜逼近到阵地前30米处，准备一举突入阵地时，志愿军突然开火，将南朝鲜军第九连打得七零八落，伤亡惨重，该连连长也身负重伤，不得不撤到南麓收集残余兵力。

由于南朝鲜军第九连所剩兵力不到一个排，只好停止了对目标的进攻。

后来，双方又经过反复较量，最终南朝鲜军第六十二团由于伤亡惨重，退出了战斗。

18时，南朝鲜军第二十师将第六十二团的阵地移交给南朝鲜军第七师第五团。

自此，从6月14日开始的1089.6高地战斗结束。

在这场高地争夺战中，志愿军攻克1089.6高地全部

大举攻坚

阵地，并连续三天击退对方反扑 80 多次，巩固了阵地。

在这次战斗中，我军共歼南朝鲜军第二十师第六十二团大部，毙伤俘获对方士兵 1900 多名。

在这次战斗中，师长童国贵 70 多个小时没有休息，随时掌握战场动态，直接听取第一线指挥员的汇报，在十分困难的条件下，坚定了指挥员的必胜信心，完成了战斗任务。

攻占南朝鲜军的"模范阵地"

志愿军第六十七军在继第六十军之后，于1953年6月12日以3个团的兵力，在308门火炮、8辆坦克的支援下，向南朝鲜军第八师据守的金城以东北汉江西侧座首洞南山也就是"联合国军"所称的"十字架山"发起进攻。

南朝鲜军在与志愿军展开的阵地战中，夺取了一些志愿军的坑道工事，由此汲取了不少工事构筑的经验。座首洞南山，就是南朝鲜军向志愿军虚心学习的产物，为此，他们投入了大量人力、物力。

工事完成后，南朝鲜军非常得意，称之为"模范阵地"、"京畿堡垒"，不断组织军官到此参观学习。

为保证战斗发起的突然性，第六十七军参战各团，在对方前沿构筑了秘密屯兵洞700余个，炮兵和坦克发射阵地100余个。

在进攻开始的前一天夜间，第五九九团第一营与第六〇〇团第二、第三营秘密开进潜伏区和屯兵洞内。

6月12日晚21时，志愿军以强大炮火开始对座首洞南山的南朝鲜军进行急袭，同时又多方位地对对方进行压制。

21时5分，在炮火延伸的同时，志愿军各营向敌阵

大举攻坚

地发起猛烈进攻。

第六○○团第三营机枪连担任掩护步兵分队冲击。部队刚发起冲击，机枪连的重机枪架就被敌人的炮火炸坏了。机枪连的重机枪一停火，对方的机枪子弹又密集地拦住了三营前进的道路。

这时，营参谋长着急地喊着："机枪怎么搞的？快，快把敌人火力压下去！"

排长姜怀先也心急如焚。这该怎么办呢？在这种紧急时刻，拖延一分钟，就会增加部队的伤亡，影响整个战斗的胜利。

就在这时候，战士任西和冲上前来，把火热的枪身抄起来，架在自己的右肩上。只听他急促地喊道："打呀！"

机枪手贾来福不忍开枪，他劝告任西和："不行，这样你受不了！"任西和急了，说话的声音也变了："咱俩不都是共产党员吗，不都是为了打美国鬼子吗？哪还管受得了受不了！你尽管打吧！"他紧抓住滚烫的枪身，两眼狠狠盯着对方机枪喷吐的火舌。

排长望了望被对方封锁着的冲击道路，愤怒地喊了一声："打！"子弹如暴雨般地喷射出去了。

在射击中，贾来福恳求似的对任西和说："好同志，你往前靠靠，前面稍微好一点。"

"没关系，你就放心打吧！你看，我是个活枪架！"说着，他的肩膀左右转动，哪儿有火力点，他就让枪口对准哪儿。

贾来福的枪法也真准，不一会儿，就把两个火力点的机枪封锁住了。

"打得好！这是哪挺机枪？一定给他请功！"营参谋长兴奋地喊着。

排长估计这挺机枪足足打出去 2000 多发子弹了，他走到任西和跟前，摸了摸他的双手和双肩。双手烫焦了，双肩隆起了许多紫黑的血泡，从机枪下边排出来的弹壳，把他的脊背砸得血肉模糊。

排长一声不响地把任西和的机枪夺过来，然后架在自己的肩上，命令贾来福："打！"

机枪又开始吼叫起来了。但刚刚打出去几十发子弹，任西和又把机枪夺了过去，他固执地向排长恳求着："排长，你的任务是指挥全排，还是让我来吧！"他稳稳地扛起枪身，坚定地说："打呀！我们就要胜利啦！"

46 号阵地占领了，全排在第二道铁丝网附近待命。大家挖着掩体，战士阎天保从破铁丝网上拆了一大捆铁丝，精心地把坏了的机枪架缠好，然后满意地对任西和说："这回该你休息一下了！"

不久，全排奉命掩护向阵地发起冲击的部队。在这个阵地上，连接坑道的暗火力点非常多，志愿军炮火也很难摧毁它。重机枪刚打了一会儿，就引起了敌人的注意，子弹骤雨般地飞了过来。由于敌人火力太猛，贾来福被子弹击中，光荣牺牲了。这时，任西和马上补上了

大举攻坚

贾来福的位置。他一边打一边喊：

"同志们，打呀，为来福报仇！"

一颗子弹打中了他的左臂，他毫不在意地转向排长说："排长，你给我包扎一下！"

排长姜怀先上前一看，伤很重，骨头已被打断了，身子一动，左臂就晃荡一下。姜怀先马上给他包扎，并喊阎天保上来。

阎天保上来的时候，任西和正用单臂抱着机枪在射击。

阎天保说："你的胳膊都这样了，快给我吧！"

"等一等，我打得正过瘾呢！"任西和仍然用一只手握着枪和扳机，咬着牙向对方射击着。

对方又集中一切火力想消灭这挺顽强的机枪，任西和的双腿又负伤4处。

阎天保再也憋不住劲了，一把夺过任西和的机枪，就向对方火力点扫射。

卫生员张凤祥跑过来，赶紧给任西和包扎伤口。突然，一颗炮弹在空中爆炸了，他一下子伏在任西和身上，想用自己的身体护住任西和，但是，任西和仍然增添了好几处伤口。

最终任西和因伤势过重，光荣牺牲了。战斗结束后，任西和被追记一等功，追授二级战斗英雄称号。

担任向敌主峰突击的第六〇〇团五连刚到达冲击位置，冲锋时间就到了。

志愿军炮火已经集中轰击突破口，但连指挥所却还没有发出冲锋信号。这是怎么回事？难道那里发生了意外的情况？

眼看着我炮火已经由突破口向纵深延伸射击了，而对方的炮弹也一步步从背后逼近了，再不发起冲锋，就要失去战机了，部队也会增加无谓的伤亡。

突击排长任志明推测，一定是连指挥员遭受了意外的伤亡，否则是不会发生这样的事故的。

在这种情况下，他当机立断，代替连指挥员担任全连的指挥。于是，他命令通信员谭昌模火速发出冲击信号。

随着冲击信号的响起，全连战士紧跟突击排之后，冲向主峰。在主峰上，战士们冲向一个个火力点和坑道口，先投进去两颗手榴弹，然后再用冲锋枪向里猛扫。

战斗进展得很快，5分钟就全部占领了主峰表面阵地。

接着，英勇的战士们和对方展开了激烈的坑道战。排长任志明站在一条被炮火快打平的交通沟里，指挥着战斗。

战士们接连不断地向排长报告歼灭对方数字，战士龚友家在报告战况时，还将他捉到的5个俘虏带到了排长面前。

在激烈地进行坑道战的时候，红旗手陈仁华一手扛红旗，一手用炸药包炸毁了拦住去路的地堡，排除了前

大举攻坚

进的障碍，迅速把红旗插上主峰。

随后，陈仁华又用反坦克手雷和手榴弹打退了对方的反扑，护卫着红旗在主峰上飘扬，迎来了后续部队。

南朝鲜军曾拼命地吹嘘"十字架山"是攻不破的"京畿堡垒"，却被志愿军战士们踏在了脚下。

激战90分钟后，攻击"十字架山"的志愿军全部占领了表面阵地，并展开肃清坑道残军的战斗。

战斗到13日5时，全歼南朝鲜军两个营又一个连另一个营大部。接着，又连续打退了对方一个连至两个营兵力的50余次反扑。

6月14日，志愿军第六十七军乘胜扩大战果，占领了龙虎洞以北、松室里北山、狐岘公路以东南朝鲜第八师第二十一团全部阵地，向对方纵深推进了4公里。

在第二阶段反击作战中，第六十七军共毙伤俘南朝鲜军1.3万余人，缴获坦克8辆。而座首洞南山战斗，是志愿军继883.7高地战斗之后，又一次突破对方一个团主阵地，一次全歼南朝鲜军一个团大部的重大胜利。

战后，朝中联合司令部通报表扬"六十七军反击座首洞南山战斗打得好"。

谈判桌上的交锋

志愿军作出对南朝鲜李承晚集团实施惩罚之战的决定的同时，中朝代表还在板门店谈判桌上，照例与"联合国军"代表进行着谈判。

双方经过多次的战场较量，谈判已经完全变味了，以美国为首的"联合国军"代表再也没有了一点嚣张的气焰，反而变得异常驯服。

关于当时的谈判场景，通过那时的谈判记录就可以看得一清二楚了。

　　中朝代表：究竟"联合国军"司令部能不能控制南朝鲜政府和军队？

　　"联合国军"代表：由于谈判所取得的结果，你方可以确信"联合国军"统帅部，包括南朝鲜军在内，已准备履行停战协定的各项规定。

　　中朝代表：我问的是南朝鲜军队到底受不受"联合国军"司令部的节制。

　　"联合国军"代表：是的，南朝鲜军属于"联合国军"司令部。

　　中朝代表：对于已达成的停战协定的实施，

大举攻坚

你方能保证南朝鲜政府和军队不进行阻挠和破坏吗？

"联合国军"代表：我方保证南朝鲜将不以任何方式阻挠停战协定条款的实施。

中朝代表：如果它进行阻挠和破坏怎么办？

"联合国军"代表：我方保证南朝鲜将不以任何方式阻挠停战协定条款的实施。

中朝代表：我问的是如果它进行阻挠和破坏怎么办？

"联合国军"代表：我向你保证：南朝鲜进行任何破坏停战的侵略行为时，"联合国军"将不予支持。

看来美国人真的被打老实了，堂堂美利坚合众国的军人何时受过这样的气啊？

美国代表照例又对李承晚实施了"胡萝卜加大棒"的政策，先是对其威胁了一通，又以保证向南朝鲜提供长期经济援助为代价，从而得到了李承晚对签署停战协定后不再阻挠的最后认可。

三、 最后一击

● 彭德怀说："要握紧拳头，狠敲李承晚军队一家伙，把他彻底打痛。"

● 这家伙一张口就填进去了一块，一面吃，一面伸出大拇指说："志愿军顶好！"

● 哈里逊作出保证：大韩民国进行任何破坏停战的侵略行为时，"联合国军"将不予支持。

彭德怀建议狠敲李承晚

李承晚在 6 月 17 日深夜，以"就地释放"的名义，胁迫朝鲜人民军被俘人员 2.7 万多人离开战俘营，把他们押到李承晚军队的训练中心。

李承晚集团的这一行径，引起了国际上的强烈反对，各国舆论纷纷谴责李承晚是"出卖和平的叛徒"，"不负责任的小人"，甚至要求美国换马。

英、加、澳等国还抗议李承晚"破坏联合国军司令部权限"。

英国首相丘吉尔于 1953 年 6 月 22 日在下议院宣读了英国政府致李承晚政府的照会：

……作为一个有军队参加朝鲜战争的联合国成员，女王政府强烈谴责这种侵犯联合国军司令部的权限的背叛行为，这种权限是南朝鲜在 1950 年曾经同意的。

丘吉尔说："事态显然非常严重，充满着危险。"

现在看来，追回被放的战俘，像中国与北朝鲜共同所要求的，是十分明智之举。

《印度时报》说：

> 局势要求我们以全力拯救停战。必须尽一切力量追回被释放的战俘。必须给予严重惩罚，包括在必要时用立即把李承晚撤职的威胁，来迫使南朝鲜政府在这个工作中进行合作。

美国国会对此议论纷纷，一部分议员甚至也认为美国应追回被劫夺的战俘。

一个参议员说："我们应尽我们可能尽的力量追回一切战俘，这样就表示了我们的诚意，然后，我们应该坚持立即停战。"

另一个参议员指责李承晚是"老牌的、失败的、变化无常的统治者"。

同时，美方首席代表哈里逊也写信给朝鲜方面首席代表南日大将，声明此事与美方无关。

6月19日，金日成首相和彭德怀司令员致函质问"联合国军"总司令克拉克，指出这是：

> 有意纵容李承晚集团去实现其久已蓄意的破坏战俘协议、阻挠停战实现的预谋，我们认为你方必须负起这次事件的严重责任。

最后一击

他们还质问克拉克："究竟'联合国军'司令部能否控制南朝鲜的政府和军队？""朝鲜停战包括不包括李承晚集团在内？"

6月20日，彭德怀由北京赶赴开城，准备办理停战协定签字事宜，途经平壤给毛泽东发了一封电报，建议推迟停战协定签字时间，再歼灭李承晚军1.5万人。

彭德怀的电文内容如下：

毛主席：

20日晨抵达安东，南北朝鲜均降雨，故白日乘车至大使馆，与克农、邓华等均通电话。根据目前情况，停战协定需推迟至月底较为有利，为加深敌人内部矛盾，拟再给李承晚伪军以沉重打击，再消灭伪军1.5万人，此意已告邓华妥为布置，拟明21日见金首相，22日去志愿军司令部面商停战后各项布置，妥否盼示。

彭德怀

1953年6月20日22时

在此时，毛泽东已经看清了李承晚，他一定会服"这一战"！

第二天毛泽东就复电彭德怀：

6月20日22时电悉，停战签字必须推迟，

074

推迟至何时为适宜，要看情况发展方能作决定。

再歼灭伪军万余人极为必要。

毛泽东

1953 年 6 月 21 日

在接到毛泽东的复电后，彭德怀亲自主持开会研究，决定立即在全线发起夏季第三次攻击。彭德怀说："要握紧拳头，狠敲李承晚军队一家伙，把它彻底打痛。"

杨勇和兵团代司令员郑维山、政委王平参加了会议，并接受了主攻任务。

最后一击

先发制人攻击美军阵地

1953 年 7 月 6 日，二十三军军长钟国楚决定要稳稳当当地当这个高地的地主，不过这一次的仗却比哪一次都难打了。

美国兵的警惕性提高了不少，守军从一个加强连增加到了两个步兵连和一个火器连，还构筑了大量火力发射点和盖沟，设置了 6 道障碍物。这个高地，美步兵第七师师长阿瑟·特鲁将是势在必保。然而第二十三军军长钟国楚是势在必得，也必须势在必得，因为马上就要停战了。这一次，第六十七师师长刘春山投入了第二〇〇团 4 个连，第一九九团 9 个连、第二〇一团 3 个连共 16 个步兵连，在军、师炮群 30 个炮连 90 门火炮和独立坦克第四团 16 辆坦克配合下，来一次大动作，要夺取并巩固石岘洞北山阵地。

攻击部队和前几次一样，只用一个连即第二〇〇团第六连。其余 15 个连队全部准备用于打反扑。除了炮火和坦克这类新家伙，钟国楚和他的战士们还有老法宝。

他们在石岘洞北山山腰部距离障碍物仅 120 米处，打了一条 102 米长的屯兵坑道。这条屯兵坑道有 7 个出口，可容纳一个加强连，还囤积有大量的弹药、粮食、饮水、急救包等。既可突击进攻，又可坚守防御，还有强大炮火，这仗，志愿军是越打越有信心了。7月6日深夜，大雨滂沱，雷声阵阵。第二十三军支援炮群近百门火炮突然开火，独立坦克第四团的坦克群也进行直接瞄准射击，把石岘洞北山炸得乱石横飞，雷声炮声响成一片，煞是壮观。

3分钟后，对方阵地上每平方米的平均落弹已不少于一发，相当于把石岘洞北山翻了个底朝天。第六连在连长陆昌荣带领下，分三路向高地上猛扑。

美七师的士兵这会儿表现得很凶猛，纷纷从暗火力点里用机枪、喷火器猛烈射击。特别是喷火器，在阵地前燃起了一堵堵火墙，把冲击道路封得死死的。

突击排第一排连续派出几名爆破手，都在路上牺牲了。

这时候，一个名叫许家朋的战士冲了上去。这是九连二排配属过来的一个战士。他刚跑两步，就被机枪打断了腿。

然而许家朋并没有停下来，而是在满是泥泞的地上继续向前爬，在他身后是和雨水混在一起的血水。他爬到火力点旁，用牙咬开导火索，迅速把炸药包塞进了发射孔，他一翻身滚到了一边。

然而里面并没有期待的爆炸声传来。原来雨水浇湿了炸药包，雷管受潮失效，炸药包没有响。

"怎么办？"黄继光舍身堵枪眼的英雄形象浮现在他的脑海中，英雄的精神在激励着他，英雄的力量在支撑

最后一击

着他。他忍着剧烈的疼痛，站起身来，毅然起身扑向暗堡射击孔，双手紧握敌机枪脚架，上身钻进暗堡射击孔，以胸膛抵住了对方喷着火舌的枪口……发了狂的陆昌荣亲自抱着炸药包往上冲，接连打掉了3个火力点，然后领着全连与美军展开白刃格斗，很快扫清了表面阵地和退入坑道的残余美军。一个小时以后，3颗绿色信号弹在空中升起了。

坦克部队初试锋芒

1953 年夏季，为配合停战谈判，促使停战早日实现，坦克第四团奉命配属第二十三军进攻石岘洞北山的美军第七师第十七团。7 月 6 日 21 时 30 分，坦克第二师第四团第二连的 3 辆坦克在炮兵火力急袭的同时，以直瞄准确射击对石岘洞北山进行破坏射击，压制与摧毁 433 高地敌坦克和石岘洞东山火力点。

3 分钟后，炮兵火力延伸，坦克以凌厉的火力，压制和消灭对方残存的火力点，为步兵扫清冲击障碍。步兵则利用坦克的掩护，以雷霆万钧之势，向对方猛扑过去，直打得美军鬼哭狼嚎，四处逃命，仅 7 分钟就夺占了对方阵地。

在步兵肃清石岘洞北山残军时，坦克迅速转移火力，压制 433 高地与石岘洞东山的对方火力点与掩体内的坦克，不到 20 分钟，步兵就肃清了残军，全部占领石岘洞北山。

此次战斗，共歼灭美军一个连，我坦克共摧毁对方地堡 24 个，重机枪发射点 5 个和迫击炮 1 门。石岘洞北山阵地一失守，急得美国指挥官像热锅上的蚂蚁。美军稍经准备，就匆匆于 7 月 7 日向石岘洞北山开始反扑。

面对美军优势兵力的反扑，坚守石岘洞北山的步兵

最后一击

虽然以坚决的行动，给对方以最大限度的杀伤，但因寡不敌众，形势岌岌可危。志愿军急派两辆坦克前往，火速增援。

但遗憾的是，就在这个节骨眼上，坦克途中遇雨陷车，难以继续前进了。

在这危急关头，陷车待命的215号坦克全车乘员，沉着果断，准确瞄准，5分钟就击毁美军坦克两辆、击伤坦克一辆，及时地支援步兵打退了美军的反扑，巩固了阵地。

但215号坦克已经暴露，美军的炮弹接二连三地在坦克附近爆炸。此时，215号坦克深陷在淤泥中，想开开不动，想躲躲不了。

在此紧要关头，驾驶员杨阿如机智地发动了车辆，先是加大油门，然后又逐渐减小油门，使发动机的声音逐渐由大变小。

美军误以为我坦克和往常一样，打了胜仗就撤走，于是沿着坦克可能"撤走"的方向拦阻射击3公里，而215号坦克则安然无恙地在原地隐蔽待命。9日，美军反扑更加频繁、激烈。我3辆坦克对石岘洞东山对方发射点进行射击，步兵在坦克和炮兵的支援下，于21时占领北山次峰阵地。

当日，我军先后击毁对方坦克1辆、火炮5门、地堡20个。215号坦克也在战士的帮助下，经抢救，于20时30分驶出弹坑，并立即向对方开火，11分钟内击毁美军坦克2辆、火炮3门、地堡20多个。10日19时,志愿军3辆坦克向据守石岘洞北山次峰的对方残余势力发起攻击。坦克以准确的火力击毁美军坦克2辆、地堡12个、火炮3门,支援步兵全歼了阵地美军。

12日19时,我3辆坦克再次进入阵地,支援步兵打退了美军的反扑,并将334高地的美军6辆坦克击毁2辆、击伤1辆,巩固了阵地。

13日,美军再次反扑,我坦克又击毁、击伤美军重型坦克各1辆,摧毁地堡3个。15日和17日,我军4辆坦克又进入阵地打敌反扑,以猛烈的火力对334高地和346.6高地敌坦克进行射击,击毁坦克5辆、地堡4个,支援步兵固守石岘洞北山。

7月18日23时,战斗胜利结束。

在这次作战中,我军坦克共击毁、击伤对方坦克18辆,摧毁对方火炮11门、地堡67个,歼灭大量美军,胜利地支援步兵进攻并巩固了阵地,为和谈创造了有利条件。

最后一击

全面打响最后一战

　　势如雷霆的"金城大捷"开始了，其战果之大，进展之顺，连中国志愿军统帅都出乎意料。只准备消灭万余"联合国军"的中国军队，短短几天内竟一口气吃掉了美国和南朝鲜军7万余人。

　　7月13日21时，浓云低垂，天地间一片昏暗，天气闷热得让人窒息。

　　志愿军1094门火炮在一片沉寂中突然齐声怒吼。东起北汉江，西至上甘岭，几十里的"联合国军"阵地上浓烟滚滚，铅色的阴云被映成一片紫红。

　　短短28分钟内，1900吨炮弹倾泻到南朝鲜首都师、三师、六师、八师阵地上。

　　28分钟内发射1900吨炮弹，这是战争初期中国军队根本不敢想象的事。这是志愿军在抗美援朝中规模最大的一次炮击，也是志愿军第一次占据了战役地面的火力优势。

　　在此次炮击的重点方向，志愿军火炮密度达到每公里正面120门左右，密度达到了"二战"中打得最激烈的苏德战场上的一般标准。

　　24日，志愿军司令部电告，以5个军的强大兵力，在金城以南实施进攻，并以拉直金城以南战线，歼灭南朝鲜首都师、六师、八师、三师为战役目的。

7月上旬完成战役准备，7月10日前后发起进攻。此时，杨勇亲自视察前沿阵地。他看到，志愿军正分成多路纵队向南挺进。公路、山沟和弯曲的山道上，到处都拥挤着长长的行列，汽车、坦克和各种口径的大炮，风驰电掣般地向南飞奔。

大白天有这样雄壮的进军场面，这在以前是从来没想到的，那时候几乎大大小小的战斗都是在夜间进行，如果在外面谁想点支烟，都要先听听有没有飞机的声音。特别令他振奋的是，志愿军的坦克从山谷中浩浩荡荡地开上公路，编成纵队急速地驶向前方。隆隆的响声，震荡着山冈和原野。天黑下来，坦克放出了强烈的灯光，从远处看去，颇为壮观。在炮塔里站着的防空哨兵，警惕地监视着夜空。敌机的封锁已不能阻挡住这股钢铁般的洪流。东方泛出一片灰白色，这支强大的坦克队，在隆隆的炮声中进入了待命阵地，无数门威风凛凛的坦克炮对准了敌人阵地。

附近的步兵跑来亲切地和坦克手们说："敌人在谈判桌上常常大叫，要用他们的大炮、飞机来争辩，这一回，该咱们用坦克好好回答他们一下了。"杨勇还看到，一辆辆炮车紧急驶向前方。仅"喀秋莎"火箭部队就有两个师。步兵非常欢迎"喀秋莎"炮兵师，称之为"炮兵之王"。他们的车号是"84"，部队一见"84"车号就主动让路。

最后一击

7月13日，兵团指挥所，杨勇觉得这一天格外漫长。整整一天，杨勇对桌上摆着的烙饼和红烧肉罐头无动于衷，焦虑地来回踱步，一会儿举手看看表，一会儿抬头望望天，他牵挂着从昨晚开始就潜伏在"联合国军"鼻子底下的突击部队3000多名官兵。金城以南突出部山峦起伏，河水湍急，对方第一防御地带为一座横断山，山势陡峭，居高临下，整个地形宜守而不利于攻。对方的防御工事由堑壕、交通壕相连接，阵地前沿设有十几道铁丝网。杨勇为保证战役进攻的突然性，从而达到出其不意的效果，利用夜幕秘密潜伏了一支突击部队。

他们潜伏的这条山沟三面环山，周围都是"联合国军"士兵。沟底是一条小溪，流淌着清澈的涧水。小溪两旁，稀疏地长着一些小松树、灌木丛和弯弯曲曲的藤条。

现在，突击队员就隐蔽在这些树丛的下面，从枝叶的空隙中，两眼凝神地仰视着山顶"联合国军"的阵地。四周寂静得很，听不到往日的封锁炮声和枪声，只有淅淅沥沥的雨点声和眼前小溪的流水声。

每当有一点风吹草动，杨勇的心就紧缩起来。

杨勇知道士兵们要经受严峻的考验，身体麻木了不能翻身，炮弹落在身上不能吭声，必须一动不动地埋伏18个小时，才能瞒过头顶上"联合国军"的眼睛。这一天突然下起雨来，雨点忽大忽小，浇湿了我军潜伏战士的全身，从山上流下来的泥水，又从他们身子下边悄悄地淌过。

　　湿淋淋的衣服紧绷绷地贴在身上，人们的身上早已一点热气都没有了，两排牙齿冻得不住地打架。但士兵们始终一动不动地紧贴着地面。夜色渐渐退去了，地面上升起一片白茫茫的晨雾。对方开始施行火力警戒。子弹掠过突击队员的头顶，炮弹在潜伏区内不时地爆炸。艰难的时刻来到了。杨勇后来得知，一阵爆炸的烟雾消失之后，士兵张湘元脚部挂花了。他忍着疼痛一声不吭。又一排炮弹爆炸过后，炮弹片击中了士兵严德贤的腹部。严德贤的脸色一会儿变得苍白，一会儿变得铁青，头上的汗珠像豆粒似的往下滚，眉毛也一蹙一蹙地颤动着。他咬着牙，双手紧紧掐住腹部的伤口，忍受着可怕的疼痛，直至牺牲。

　　指挥所山洞里，摇曳的烛光不时把杨勇那魁梧的身影缩短又拉长，杨勇不停地来回踱步。"这些具有高度组织性、纪律性的战士是完全可以战胜困难的，他们一定能够坚持到底。"想到这些，他焦虑的心情渐渐平静下来。

　　杨勇在桌子旁边坐下来，在偶尔传来的稀疏的枪炮声和临战前的相对宁静中，拿起毛笔，写下了一篇战地日记：

　　　　今天是 7 月 13 日，我离开北京已经两个月了。两个月前，我由可爱的祖国跨过鸭绿江，

最后一击

来到了被敌人破坏的朝鲜。城市变成了废墟，顽强的朝鲜人民在敌机炮火下，满怀仇恨和信心在劳动，在斗争，憧憬着光明幸福的未来而生活着，战斗着。朝鲜本是一个青山绿水的美好地方，可是由于敌人的破坏和轰炸，使这美好的河山已破碎不堪。

此乃正激起吾人之勇敢，为国际主义，为捍卫自己祖国免遭蹂躏而战斗下去，直到完全胜利为止。

在洞外，浓云密布，欲雨未雨，空气沉闷，使人憋闷得喘不过气来。时针指向 21 时，杨勇一声令下，信号弹冲上夜空。分布在纵深几十里以内的各个山头上的上千门炮，同时喷出火柱。

辽阔而又宁静的夜空回荡着滚雷般的炮声，炮弹往对方阵地上倾泻，像疾风骤雨，像瀑布飞流。开始还能听出连续的浑厚的巨响，后来就像刮起台风一样，什么也分辨不出来了。"喀秋莎"火箭炮也发了言，只见炮弹拖着长长的火尾呼啸着飞过去，对方阵地上立刻腾起团团浓烟，烧起熊熊大火，把黑色的天幕映成赤红色。炮手们挥汗如雨，一发紧跟一发地把炮弹送进炮膛，又一发紧跟一发地发射出去。炮手们的脸上大汗淋漓，好像被大雨湿淋透了，可是他们谁也没去管它，只是把用冷水浸透的棉衣一次又一次盖在打得发红的炮膛上。杨勇从来没有像今天这么痛快过。

《美国第八集团军简史》中是这样描述这场战斗的：

> 令人难以置信的大量炮火在头上呼啸，在呼啸声中它们前赴后继攻击这个地区的大韩民国防线。在共军的猛攻下，前哨阵地一个接一个地被打垮了。

南朝鲜方面的记载是：

> 21时，敌人的大炮突然开火，向全师，即韩国首都师整修防线轰击，简直无法弄清有多少种、多少门，威力之大，若雷霆万钧，震天撼地，从而拉开了"7·13"攻势的序幕。

中国军队的所有官兵，包括那些身经百战的师长、军长、兵团司令、总部首长们，谁也没有见过这么壮观的炮火，谁也没有用这么阔气的炮火打过仗。

那份阔气从来都是对手的，现在看到这个场面，大家欢呼雀跃，好多人是一面跳着脚叫好，一面哗哗地淌着眼泪。

东、中、西3个突击集团和第九兵团第二十四军在经过猛烈的炮火准备之后，同时展开了更为猛烈的突击。抗美援朝战争的压台戏——金城反击战开始了。

最后一击

震天撼地的炮击刚一结束，二十兵团新任司令员杨勇、政委王平统一指挥 5 个军向金城地区 4 个南朝鲜师发起了排山倒海的猛攻。

杨勇面对前任郑维山司令员的辉煌战绩，自然也不甘心屈居下风。这位中国第二高级步校校长一出手就势如奔雷。

杨勇将二十兵团 5 个军分成 3 个作战集团，具体部署是：

六十七军及五十四军一三五师、六十八军二〇二师为中央集团；六十八军及五十四军一三〇师组成西集团；六十军、二十一军及六十八军六〇五团组成东集团。

"中央集团"在官岱里、轿岩山地段实施突击。"西集团"由外也洞、灰占介地段实施突击。"东集团"北汉江西岸之六十军由松室里、龙虎洞地段实施突击，北汉江以东之二十一军巩固现有阵地并以积极行动牵制当面之敌不使西调。

3 个集团突破后，首先集中力量攻击金城西南梨实洞、北亭岭、梨船至金城川以北之敌，拉直金城以南战线，并坚守阵地，抗击敌三至四个师规模的反扑，尔后再视情况继续向南发展。

3 个集团还各组织一个有力支队，准备于突破后插向敌之纵深，截断敌之退路，歼灭敌之炮兵，抢占有利地形，以利于第二步作战。

二十兵团只用一个小时就全线突破了对方阵地，整个战场已被志愿军主宰了。

最后一击

俘获南朝鲜军副师长

在 14 日的作战中，我军战士富有戏剧性地活捉了南朝鲜军队首都师一名副师长。

14 日凌晨，对方的一线阵地被攻破后，南朝鲜军开始大规模狼狈溃逃，他们丢掉了汽车和炮群，扔下了装满子弹的武器和冒着热气的饭锅。汽车碾过尸体，坦克又撞翻了汽车……

志愿军一个排顺着公路一直追下去，突然发现公路两边草丛在晃动。

志愿军战士停下身来仔细一看，原来是 3 个南朝鲜兵：有一个胖子穿着一件满是泥巴的衬衣，鼓着个大肚子，一会儿搔搔脑顶，一会儿又抓抓头皮，一会儿又把手遮在眉毛上，东张西望；另一个是细高个儿，活像根电线杆子，站在胖子旁边；离他们不远还有个好像是卫兵模样的家伙。

在他们前边是一条约有 20 米宽的河，浑浊的河水在翻滚着，急促地向北流去。

一个志愿军战士绕到对方后侧，用枪一顶，大声喊道："吆包！站住！"

3 个家伙一听，拔腿就跑，排长端起机枪朝天空放了一梭子弹，胖子和细高个儿吓得连忙趴在地上。细高个儿一下跪在泥里缴了枪，胖子趴在旁边，双手举得挺高。

志愿军战士抓住胖子的衣领，把他拉了起来。胖子一抬头，只见他浑身都是泥浆，满脑袋看不见一点肉色，泥水顺着脖子往下流，只是额角上不知被什么东西划破了一点皮，红红的一片。

志愿军排长用生硬的朝鲜话给他讲解了一下宽待俘虏的政策。

胖子苦笑了一下，然后忙从口袋里掏出钢笔和手表递给排长，排长严正拒绝了他，又给他解释了半天宽大政策，最后拍了他两下肩膀，胖子才算安定了。

胖子点点头，随后又用手拍拍肚子，"怕必，怕必"地乱叫，伸出两个手指表示两天没吃饭了。

志愿军战士给了他两块饼干，这家伙一张口就填进去了一块，一面吃，一面伸出大拇指说："志愿军顶好！"

胖子就是南朝鲜首都师副师长朴益淳，汉城广播电台正在播放他失踪的消息。

最后一击

奇袭南朝鲜军"白虎团"

中国人民志愿军第六十八军第二〇三师穿插营在直木洞以南地区，开始袭击南朝鲜军首都师第一团，即"白虎团"。

其实，原来在作战会议研究的时候就考虑到这个问题了。如果穿插营自己开辟通路的话，一个是伤亡大，一个是时间长，不便于穿插，还有进去时间晚了就达不到穿插的目的。

后来研究出来的办法是，攻直木洞南山这个突破口。

7月14日0时，由第六〇九团第二营和第六〇七团侦察班组成的穿插营，在师主力攻占南朝鲜军第一线主阵地的同时，迅速通过3公里的炮火封锁区，向其纵深急进。途中遇南朝鲜军约一个连的兵力向北增援，穿插营先头第五连当即以猛烈的火力将其大部歼灭。

在0时50分，志愿军进至三南里后，第五连向上枫洞方向前进；第四、第六连以侦察班为先导，向二青洞猛插。1时40分，在二青洞沟口与乘坐40余辆汽车的南朝鲜军机甲团第二营遭遇，当即对其首尾夹击，予以大部歼灭。

志愿军一营已经插到敌人的阵地上了，障碍都扫除了，所以二营从这个突破口进去，沿着这个直木洞南山的洞口，插到对方的纵深去，避开了敌人的障碍物。

进去以后，就到了对方的阵地 415 高地，上面有对方一个排，穿插营很快就把这个排消灭了。

当时这个穿插营是由副团长赵仁虎带领的，最后决定由副排长杨育才带领的侦察班 12 人，化装成护送美军顾问的南朝鲜兵，到对方阵营见机行事。

摆在杨育才他们面前的问题，是如何获取敌人当晚的口令，以便随时应付对方的盘查。

化装班进去以后，走了不远，当公路上又升起一颗照明弹时，杨育才一边思索着，一边习惯地回过头来看看队伍中是否有人掉队。

但这一次检查，他却发现队伍后面多了一个人。起初，他还不相信自己的眼睛，等反反复复数了四遍后，他发现的确多了一个人。

"我们本来是 13 个人，怎么变成 14 个了?"杨育才一看，这肯定有问题。

他就停下来，结果发现多的那个人是一个南朝鲜兵，就把他捉住了。杨育才让一名侦察员缴了这个人的枪，经盘问才知道这是对方的一名逃兵。

当逃兵发现自己跟着的不是自己人，而是志愿军的侦察员时，吓得浑身不住地颤抖起来。

"今晚口令是什么? 快说!"一名侦察员装出很凶的样子，用朝鲜语向俘虏问道。

"口令是……古轮姆欧巴……"那俘虏结结巴巴地

回答。

"你说假话，就送你见阎王。"

"真的！真的！真的就是古轮姆欧巴……"那俘虏一下子瘫在地上。他一下子把白虎团团部都集结了什么部队，口令是什么，全部都说出来了。

得来全不费功夫，杨育才一下子抓了一个俘虏，连口令也得到了，这就更有利于志愿军战士前进了。

最后，当志愿军前进到永金桥的时候，被对方的探照灯部队和炮兵截住了。

志愿军的两位联络员上去了，说是搜索队。对方说："搜索队为什么不往前走，要往后搜索呢？"

联络员说："我们是保证这个顾问回去开会，研究怎么作战的问题，你还问为什么？"那个南朝鲜兵当时就哑口无言了。

两位联络员当时装成南朝鲜军的排长，这样就把对方给唬住了。过去以后，就到了二青洞。这个时候南朝鲜军首都师机械化装甲团增援上来了，沿着公路排成了很长的纵队，把路口都给堵住了，杨育才他们进不去了。

这该怎么办呢？

就在这个时候，杨育才他们突然对对方增援部队扔手榴弹，射击，把对方打乱了。

南朝鲜军闹不清怎么回事，就喊不要误会，不要打自己人了。杨育才他们就乘着这个机会赶紧过去了。过去了以后就到了二青洞洞口了，然后他们进行了分工，分成 3 个小组，有打团部的，有打警卫分队的，有到后面去包围的。自以为兵力布防天衣无缝的南朝鲜军"白虎团"团长，此时正在会议室里手拿着一根教鞭，指着墙上的地图给他的部下们部署作战方案。

在杨育才的周密部署和指挥下，侦察员们分成 4 个战斗小组，从 4 个不同的方向向着毫无准备的敌人猛烈开火。

在密集的枪声和爆炸声中，不可一世的"白虎团"团部被彻底摧毁，象征着邪恶的"白虎团"团旗被扯下，"白虎团"团长在逃跑途中也被侦察员乱枪打死了。

这场战斗毙伤参加会议的机甲团团长以下 54 人，俘 16 人，缴获了"白虎团"团旗，捣毁了该团指挥系统。这个时候，穿插营在后面紧跟着就过来了。

然后，四连直插 421.2 高地，六连和五连把对方的增援部队很快分别包围起来，大部分都消灭了。

穿插营继续分路作战，先后击毁两辆坦克，歼灭多管火箭炮连和美军第五五五榴炮营，于 2 时 40 分占领 421.2 高地及其以南诸高地，完成了穿插任务。

当时美军的炮兵营也在这个地方，志愿军还抓了 47 个美军俘虏，都是美军炮兵营的。

穿插营占领了 421.2 高地，之后就打对方的反扑，接收对方的炮兵，阻止他们跑掉。

正在这时，我军的增援部队上来了，将对方堵了起来，这样就给前沿主攻部队提供了有利时机来歼灭对方。

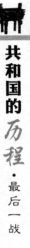

第二〇三师穿插营在 2 小时 40 分内，穿插前进 9 公里，战斗 10 余次，捣毁了"白虎团"团部。

这一战，对二〇三师主力全歼"白虎团"起了重要的配合作用。

坚守黑云吐岭

7 月 13 日夜里，金城前线的志愿军部队发起了强大的反击，在一小时内突破南朝鲜军 4 个师的防线。

这时候，沿着轿岩山东侧一八〇师的一支志愿军部队，迅速地沿着突破口，像一把尖刀一样直向对方的心脏插去。

漆黑的夜，大雨倾盆。部队摸过对方的铁丝网，绕过地雷区，沿着山径小路向南朝鲜军背后猛插。

到了金城川，对方的飞机把桥梁炸毁了，部队踏着仅剩的一根钢梁前进。他们穿过正在燃烧着的仓库，直插到对方的一个指挥部。这里桌子上酒菜还在，对方军官刚刚跑上吉普车就当了俘虏。部队紧跟着敌人溃逃的足迹，一直追到深入对方纵深 15 公里的黑云吐岭，这里就是他们预定穿插的目的地。乘着黑夜，他们直冲上山头。山很陡，路很滑，雨愈下愈大。

他们在泥泞中滚着前进。山上是对方的营指挥所，看样子，他们万万想不到志愿军来得这般神速，有些还在防空洞里睡觉。

战斗分队直插到对方中间，一声喊打，手榴弹、冲锋枪一齐上，打死了大部分南朝鲜兵，活捉了李伪军营长等 40 多人。

最后一击

15 日清早，我军全部占领了黑云吐岭，并控制了黑云吐岭前面的几个山头。黑云吐岭紧挨着金城通往对方兵站基地华川的华川公路，和对方的赤根山东西遥遥相对。

对方失去了金城川弓形地带以后，就集中了 5 个师的兵力，企图乘志愿军立足未稳的时候夺回阵地。

可是当志愿军这支穿插部队抢渡金城川，控制黑云吐岭和附近的白岩山以后，就像尖刀一直插到了对方的心脏。对方不得不掉过头来招架他后面的我军的袭击。一场激烈的争夺战就在黑云吐岭和白岩山的前沿展开了。

黑云吐岭主峰最前面的那个山头，战斗最激烈最残酷。这个山头突出在全线穿插部队的最前端，三面受敌。15 日、16 日两天，对方以 10 倍于我的兵力，向这个山头反扑几十次，都没能爬上阵地一步。17 日这一天，战斗更加激烈了。班长赖永泽和他的战友这时接受了坚守这个山头的任务。排长李金堂严肃地交代他们说："这次阻击敌人和往常不同。我们这里穿插得最远，已经打到敌人纵深地带，截住了敌人的归路。但是，我们自己的炮火一时却支援不上，阵地没有工事，弹药困难，战斗又比过去激烈和残酷。这就要靠你们的机智勇敢来战胜敌人。上级命令你们：坚决守住阵地。"赖永泽已经三天三夜没有睡觉，也没有吃一口饭了。夺下黑云吐岭以后，他一直在后面抢修工事，从阵地上拾取对方的弹药运送到前沿阵地去。

他和小组长杨长开、新战士王和甫爬一段滚一段地到了阵地前沿。但是，杨长开在途中受伤撤回去了。

这时，赖永泽主动把前沿小组连同他自己和王和甫一共11个人组织起来，分成3个战斗小组，从三面坚守阵地。

这时，南朝鲜军以一个排到两个排的兵力连续作试探性攻击，炮弹一刻不停地打在阵地上。

战斗进行到下午，赖永泽指挥着这里的战士已经打退了对方20多次反扑。可是情况愈来愈紧张，后来，阵地上只有6个人了。

只听得南朝鲜军在下面胡乱叫嚷，赖永泽的老战友陈明福刚探出身去观察，又被对方的重机枪打中，倒在赖永泽身上。赖永泽一阵心酸，压不住满腔悲愤，发誓要替牺牲的战友报仇。

这时，对方的兵力已经增加到一个营，南朝鲜军想从正面突破，却故意在左边又吹哨子又叫唤。

赖永泽一面观察，一面指挥左边小组坚决阻住对方的攻击，他自己和大部分力量在正面和右侧阻击。

对方冲锋了，赖永泽和他的战友们把手雷和爆破筒一齐扔出去，随后就看见南朝鲜军的尸体和钢盔飞向半天空，南朝鲜军溃退下去了。

但赖永泽看到对方的一个指挥官却拿着步谈机在向后面要炮火支援。赖永泽抓过身边的一挺机枪，照准打了一梭子，打死了那个指挥官，又打死周围的几个士兵。

最后一击

但是随即，对方猛烈的炮火就像骤雨一样急落在前沿阵地上。赖永泽被震昏过去了，虚土埋住了他的半截身体。

当他醒过来时，其他 4 个同志已经不见了，对方已经冲了上来。他立即投出一颗手雷，接连又扔出七八颗手雷，才把这一股南朝鲜军打垮。

他还没来得及收集武器，又听到南朝鲜兵在叫唤。这时他顾不得自己，立刻站起身来观察，只见前沿小组前面 4 个防空洞都被南朝鲜军屯满了，他们正架起重机枪准备扫射。赖永泽连忙跳出去照准对方投去一颗手榴弹，把对方的机枪炸毁了，又连续投了 4 个手雷，把防空洞也炸塌了。形势越来越危急。在这个深入对方心脏的、在整个穿插部队最前端的前沿阵地上，赖永泽单身面对着几十、几百倍于自己的南朝鲜士兵。弹药除了冲锋枪以外，只剩下两颗手雷和两根爆破筒。

就在这个时候，对方发起了一天来最疯狂的一次反扑。眼看两个营的南朝鲜军士兵从左面、右面和正前面三路一摇一晃地向他爬来。赖永泽一个人趴在炮弹坑里，死死盯住对方。

这时他想起排长交代他的话："坚决守住阵地。"他想起自己在战前写的七次决心书，他又想起指导员说过："李承晚妄想堵住和平的大门，我们坚决用胜利把它打开。"

此时，赖永泽屹立在这个最前沿的山头上，屹立在和平的最前哨。他知道，在他的后面，胜利的大军正在前进。想到这里，他全身陡然增加了无限力量，他沉着地盯住对方，等左边那股南朝鲜军快爬到阵地附近的时候，他抓起一颗手雷，像箭一样几步就蹿了出去，朝着对方扔出手雷，一个排的南朝鲜兵被消灭大半，其余的也被震得昏倒在岩下。

接着右边的南朝鲜军也发起冲锋，赖永泽又赶到右边投出了最后一颗手雷。他抱住仅存的两根爆破筒守在正面，他知道自己必须要最有效地使用这最后一点武器。

这时，赖永泽突然间想起自己看过的苏联电影《第三次打击》上苏联红军战士将弹药打光以后用石头打击敌人的故事。

他赶忙又搜了几堆铁青石准备和对方决战。南朝鲜军愈来愈近了，一个南朝鲜军指挥官一面摇着旗一面喊着，赖永泽等对方爬近了，先投了一堆石块下去。前面的南朝鲜军士兵被突如其来的石块吓退了几步。

过了一会儿，对方才发现投的是石块，于是他们就密密麻麻地拥了上来。

乘着这个机会，赖永泽投出一根爆破筒，轰的一声巨响，将南朝鲜军炸死一大片。乘对方混乱的时候，他又推下一大堆石块。

可是，对方越加疯狂地向上爬，爬得很近了，而且挤在一团。

赖永泽投出最后一根爆破筒，这一次消灭的南朝鲜军更多了。

最后一击

乘着这一刹那的间隙，赖永泽转移到负伤的排长那里，又取了几颗手雷和几根爆破筒，一个人直向对方冲去，扔出了手雷和爆破筒，又击溃了南朝鲜军，收回了刚才被对方突破的一角阵地。天黑了，对方再也没有进攻。赖永泽全身的衣服都被弹片打破，帽子也被炸飞，身上也负了轻伤。

他屹立在激战 3 天的前沿阵地上，看着那满山满沟的南朝鲜军尸首，感到非常自豪。这一天，赖永泽和战友们前后打退对方一个团兵力的无数次猛烈反扑，他一人消灭了 100 多个南朝鲜军士兵。

这一次战斗，不仅有力地保证了黑云吐岭的安全，而且由于阻击了增援反扑的南朝鲜军，赢得了时间，对于主力军顺利全歼南朝鲜兵，巩固新的阵地起了重要的作用。

在战后，赖永泽因此荣立特等功，获得朝鲜民主主义人民共和国颁发的一级战士荣誉勋章，并当选为志愿军归国到北京参加国庆节的代表。

赖永泽的出色表现，也为一八○师争得了很大的荣誉。二十兵团杨勇司令员在电话中向六十军军长张祖谅说："给你一八○师的同志们讲，他们在既无坚固阵地为依托，又无纵深炮火支援，还有在粮弹奇缺的情况下，坚守了三天三夜，为金城正面中、西集团巩固新占阵地，调整部署，抢修工事，赢得了时间。一八○师奇迹般地完成了作战任务，打出了部队威风，打出了老部队的传统！"

毛泽东在 1953 年 9 月 12 日中央人民政府第二十四次会议上，作题为《抗美援朝的伟大胜利和今后的任务》的报告中，也引用了一八〇师推进黑云吐岭、白岩山的例子。

志愿军司令部也发来电报指出：

> 停战前夜，我们打出了这样一套阵地积极防御的新战术，即劣势装备的我军，进攻阵地时能攻得破，防御时能守得住，能攻能守，掌握战场主动，这是革命军队优良的政治素质和军事素质相结合的表现。

张祖谅军长看完电报后激动得流出了眼泪，当即对邓仕俊副军长兼参谋长说："电报中的评语，多么符合我们部队的实际情况啊！一八〇师虽然在第五次战役中由于上上下下许多错觉和各种因素，而造成一度失利，但事实证明，只要能把部队优良的军事、政治素质有机地结合起来发挥，仍是一支能打大仗、打恶仗的坚强部队。"

最后一击

"为了胜利，向我开炮"

1953年6月29日，在抗美援朝的夏季反击战中，我们一支小部队深入对方阵地，一举消灭了281.1高地的守军之后，不料被反扑的对方纠缠住了。

大白天，想派部队通过对方严密封锁线去支援，只能带来无谓的牺牲。我军只有组织所有的炮火，掩护他们守住阵地，等待着黄昏的到来。

但对方的炮火却趁着天亮打得越来越猛烈了，战斗情况一刻比一刻紧急。

"天津一号！天津一号！"步谈机里又响起了步谈机员于树昌的呼叫。他以急切的声音报告说，阵地上只剩下他一个人了。

团长孙斌马上拿过话筒对于树昌说："伪二师的部队已被你们痛打了一个晚上，你们以小的代价换取了敌人的重大伤亡，为祖国人民和朝鲜人民出了力，是有贡献的。目前每坚持一分钟，都会给全线反击增加一分胜利。"

听完团长的话，于树昌郑重地说道："我是共产党员，保证坚持到底，有我就有阵地在！"

团长激动地说："好同志！我代表全团指战员感谢你。"接着，团长又详细地给他指示调动炮兵消灭反扑敌人的方法。

之后，在281.1高地的东山脚下，于树昌的团属炮火，同成排成连的"联合国军"进行着激烈的战斗。

有时，我们的炮火打过去之后，于树昌好像忘了自己是在对方火力的重重包围之中，竟在步谈机里高兴地喊起来："哈哈！敌人被打得乱滚啦！都哇哇叫啦！"

忽然，听到于树昌喊道："天津二号，快向山腰开炮！"

孙绍钧正要问明情况，步谈机里又传来一阵焦急的声音。孙绍钧拼命喊"8251，8251"，但是没有回答。

孙绍钧使劲把话筒吹了两下，再次呼叫，仍然没有回音。一颗颗黄豆大的汗珠从他的脸上滚了下来。

指挥所里寂静了片刻，观察所报告，山脚上出现对方士兵，并听到连续的手榴弹爆炸声。

记作战日记的参谋捏起钢笔，惊疑地问："难道阵地失守了？"

孙绍钧只觉得脑袋嗡嗡地响了起来，他看了看表，想要记住这个时刻。

"天津二号！天津二号！"耳机里忽然响起了熟悉的呼叫。

"啊，8251！你……"孙绍钧惊喜得大声喊叫起来。

还没等孙绍钧发问，于树昌已经接着报告了。孙绍钧听声音可以感到他是在压制着急促的喘气。

只听于树昌说："刚才有一股敌人偷偷地摸上来，一

最后一击

下子蹿到了地堡边，我没来得及调炮，就跳出去给了敌人几颗手榴弹，把上来的家伙全打发回去了。"

孙绍钧紧按着耳机听着，生怕这宝贵的声音再断掉，哪知还没有等他答话，于树昌又叫了一声："又来啦！"声音第二次中断了。

几分钟后，于树昌又气喘吁吁地报告，说是又打退了一批扑近地堡的对方士兵，但此时他只剩下最后一颗手榴弹了。

敌军的反扑越来越猛烈，于树昌的处境也越来越恶劣。于树昌自己比谁都更清楚这种情况，但他却竭力保持镇静，继续用先前那种兴奋的语调通话。

中午时分，敌人向东山脚发起了第五次进攻。于树昌报告，对方已从三面拥向山脚。他喊道："注意，注意，炮打二号、四号目标！"

"注意，右侧洼部也有敌人，请炮火急袭！"

"敌人离我只70米，要猛打！"

在炮火连续的轰鸣中，于树昌的声音更响也更急促了："快打我地堡周围50米，快！快！"

团长大声问："你地堡积土多厚？"

"1号，别问啦！快打炮，要大家伙！大的！"

"1号，"于树昌又喊道，"大家伙打远了，敌人太多，再打近些，打近些！"

团长问："打40米行吗？"

"30米呢？"

"再近些，快！"

"20 米呢？"

"行！"耳机里是斩钉截铁的回答。

团长明白了，他激动地自语道："不必问了，这样的同志，炮弹砸到他身上，也是同样回答……"

"猛打呀！炮兵同志，敌人上了我的地堡顶。"于树昌接着喊，"向我开炮！为了胜利，对准我的地堡，开炮！"

"于树昌！于树昌！"孙绍钧直喊他的名字。

"首长，同志们，再见啦！……万岁！"

紧接着，步谈机里发出一阵剧烈的声音，然后，一切都归于寂静。孙绍钧的耳朵里再也听不到于树昌那坚定、振奋的声音了！

这时候，前沿观察所报告："阵地上地堡口位置冒起一股浓烟，判断这是手榴弹爆炸，山脚已爬满了敌人。"

团长圆睁着他那红红的眼睛，狠狠地抓起话筒，大声喊道："全部炮火，急袭山脚！"

团长的话音刚落，我军所有的火炮一齐怒吼起来，刚爬上山的"联合国军"顿时葬身火海之中。

黄昏以后，步兵部队向那里发起第二次反击。对方始终没能够在阵地上重新站住脚，当志愿军反击部队冲上去的时候，于树昌最后据守的那座碉堡，一半已经塌掉了。

在靠近地堡门的地方，找到了烈士于树昌的遗体，他手里还攥着半截手榴弹木柄，身旁躺着那部砸扁了的沾满血迹的步谈机。

最后一击

钢铁战士坚守阵地

根据志愿军司令部关于进行一些小规模反击战的指示和军里的统一作战部署，第一三六师提出，对马踏里东南山阵地发起攻势。

马踏里东南山位于临津江北岸，在开城以东 14 公里，由编号 060、061、062 和 0238 小高地组成。它是美军在"三八线"以北的一个支撑点，拿下它，可将志愿军阵地向前推进，并威胁美军西线的交通供给线。

美军阵地上单列桩铁丝网、蛇腹形铁丝网和大小地堡、明暗火力点等星罗棋布，交通沟纵横交错，便于机动，是一块易守难攻的硬骨头。

7 月上中旬，第一三六师先后组织了两次攻打马踏里的战斗，都取得了胜利。其后不久，第一三六师又接到军首长转达的志愿军司令部关于向马踏里发起第三次攻击的命令。

为了支援这次战斗，军首长把所属的炮兵团和志愿军总部配属的炮八师的一个团，共 100 多门大炮，全部加强给第一三六师。

24 日 20 时 30 分，战斗打响了。包括新配备的"喀秋莎"在内的我军炮兵将炮火砸向美军阵地，大地被震得发颤，两个主峰山头火光四溅。

炮火急袭过后，志愿军各路突击队仅用20多分钟就全歼了060高地守敌，并立即向0238阵地发起纵深进攻。整个阵地上双方炮火交错，到处是爆炸的火光和升起的尘雾。

在短兵相接的争夺战中，双方在反复争夺拼杀中打得难分难解。

第四〇六团二连二班班长栗学福在这次战斗中，带领全班担任第一突击队的任务，于21时许率先占领了0238东北无名高地。但他们还没有来得及向0238主峰进攻，就受到美军的反冲击。

栗学福指挥全班转攻为守，先后11次将美军击退，歼灭对方士兵近百人，而班里的其他同志在战斗中也相继牺牲了。

最后，阵地上只剩下他一个人，弹药也全部打尽了。当一群美军叫嚣着冲进阵地准备活捉栗学福时，他拉响了最后一根爆破筒，当场就有10多个美军被炸死，栗学福自己也被炸得晕了过去。

待增援部队把他抢救出来后，他稍作调整又继续坚持投入了战斗，为夺取马踏里战斗的胜利作出了重大贡献。

战后，栗学福同志被评为二级战斗英雄，荣获朝鲜"一级国旗勋章"。

后来，著名作家巴金同志来到第一三六师采访，深为栗学福的事迹而感动，写下了《钢铁战士栗学福同志》

最后一击

的长篇通讯。

到 25 日早晨，两个高地基本被我控制。美军不惜血本，一次又一次在飞机、大炮、坦克掩护下进行反扑。战斗持续到 26 日午夜，美军付出了重大代价也未能将阵地夺回去。

27 日早晨，美军的阵地上又传来一阵枪声，正当志愿军准备组织抵抗美军新一轮冲击时，停战协定即将签字的消息传到了前线指挥部。

这时，美军可能已经得知了就要停战的消息，一阵猛烈的炮火向我新占领的阵地袭来后，美军地面部队没有出动便偃旗息鼓了。

在这之后，阵地上就平静下来了。

朝鲜战场迎来和平的曙光

杨勇密切地关注着战局的发展。

14日拂晓后，云浓雨大，美军空军不能出动。志愿军各路攻击部队遵照杨勇的命令，乘机发起进攻。

轿岩山的一九九师，在激战13个小时后，于10时25分终于把红旗插上768.7主峰。

杨勇走出作战室，一起分享这胜利的喜悦。经过21个小时的激战，志愿军已全部突入对方纵深阵地，不仅拉直了金城以南的战线，还推进了95公里，而且给南朝鲜首都师、六师、八师和三师以沉重打击，歼灭南朝鲜军1.4万余名。

至此，战役第一步任务全部完成。

由于睡眠不足，杨勇那双明眸里布满了血丝，充满着焦虑和忧喜，流露出疲倦。

"老杨，去睡会儿吧。你太辛苦了，起码掉了5斤肉。"二十兵团政委王平关切地对杨勇说。

"掉点肉好哇，过两天咱们去爬轿岩山，走起路来不是更轻快嘛。"杨勇乐观而又风趣地说。

杨勇抓起电话耳机，很快又下达了新的指令。

在金城前线活跃着一批勇敢的美国记者，他们在枪林弹雨中发出了大量的前线报道。

最后一击

15 日，美联社描写朝鲜战场的战况时说：

> 今天沿着 20 英里的荒凉的前线，进行着两年来朝鲜战争中最大的一场战斗。中国军队……冲入南朝鲜阵线，迫使南朝鲜 4 个师沿着金城突出地带后撤。

> 守望山已经失守，指头岭差不多等于失守了，其他无名高地也都在中国军队猛攻下失陷。

> 南朝鲜师受到痛击。

在此之后，激烈的战斗在前线继续持续，关于南朝鲜军队遭受惨败的情形，从美国通讯社的报道中继续不断地显现出来。

美国通讯社的无数消息承认在中朝军队发起反击之后，南朝鲜军立即被打得如丧家之犬。

美联社记者爱德华兹说：

> 原先估计南朝鲜要炸毁横贯金城川的桥梁，而在南面的高地上建立防御阵地。但是，南朝鲜没有击毁桥梁，也没有在金城以南停下来，他们让许多桥梁留存着，不断向南退去。

共和国的**历程**·最后一战

爱德华兹还说道：

> 那些狼狈万状的士兵，有的坐着卡车和吉普，有的攀在坦克上，有的骑在大炮的炮身上。但是，还有成千的人用那穿着帆布胶底鞋而且起了水疱的一双脚向南步行。这些人一拐一拐地向前走，到了精疲力竭的时候在路旁的泥地里倒头就睡，顾不得倾盆大雨了。

对方战线被志愿军突破，美第八集团军司令泰勒和南朝鲜的国防部长官孙连一亲赴前线，力图扭转战局。

在这时，他们了解到指挥这场战役的是年方40多岁、身经百战的二十兵团司令员杨勇。

"联合国军"总司令克拉克也于16日从东京飞到金城前线，召集泰勒和南朝鲜第二军团长丁一权等，叫嚣"要发动强大的攻势，坚决夺回失地"。

李承晚也坐不住了，他亲往前线督战。

汉城广播电台说："要坚决收复失地，向总统献礼。"

但是，合众社却说："南朝鲜军的反击遇到敌人的主力，因此反攻不成功。"不仅如此，中朝军队一再以反击来打击李承晚军队的反扑。

美军在战斗中也受到痛击。美联社记者吉布逊报道一个美军炮兵营覆没的情形说：

约在夜里 2 时 5 分。天是黑漆漆的。云层遮盖了星星。炮手们在雨中流着汗。然后，在炮声的间歇里，一个兵士竖起了耳朵，其余兵士也都侧耳倾听，中国军队的号角声，前面、右面、左面都是。一时寂静得可怕的场面，突然被中尉的尖叫声打破了。向前直射！随便射击！中国兵来了。他们向着我们冲来。他们冲破了外围，他们跳进大炮的垣墙，和那边的炮手们扭成一团。敌人蜂拥冲入营部指挥所。到夜里 2 时 47 分，在听到号角声以后的第 42 分钟，一切都完了。死里逃生的人回来，只带回 5 门炮。他们疲惫不堪，衰弱得要死。他们这个久经战斗的野战炮兵营里，至少有 300 个美国人被打死或者失了踪。

23 日早晨，弥漫许久的晨雾像纱幔一样轻轻飘散，东方的天际泛出鱼肚白。一阵急促的电话声响，唤醒了刚刚安静下来的兵团指挥部。

"老杨吗？我是邓华。"志愿军司令员打来电话。

"你好，邓司令，这么早打来电话有啥指示？"

"解方同志从板门店传过话来，说敌人哇哇叫，要签字，我看你们就停下来吧，别再打了。"

邓华还告诉杨勇："敌人遭惨重打击后，在谈判桌上被迫做出了让步。"

据外电报道，美国总统艾森豪威尔、国务卿杜勒斯和李承晚于 22 日相继发表声明，同意接受停战。美方谈判首席代表哈里逊也保证：

不以任何方式阻挠停战协定草案的实施。

为了世界和平这一目的，中朝双方同意美方提出的尽快签订停战协议的要求。

杨勇颇为惋惜地对政委王平说："真没想到，敌人蛮横无理地在谈判桌上拖了两年多，现在，眼看他们的整个战线就被摧垮，急忙前来讲和，真是太便宜他们了。"

王平说："他们总算知道了好歹。这叫牵着不走打着倒退，敬酒不吃吃罚酒。"

杨勇作为战役指挥员思考着这样一个问题：

这次战役，是志愿军转入阵地防御以来规模最大的一次对敌人坚固阵地进攻的战役。对方的防御阵地已连续加修了两年，布满了盖沟、坑道、地堡、火力点和铁丝网、鹿砦、地雷等防御体系，在 25 公里宽的正面战线上，有 4 个师的重兵把守，单是 105 榴弹炮就有 25 个营。

战役发起后，志愿军却能一举突破敌人的防御正面，突入敌人防御纵深最远达 15 公里，共毙、伤、俘敌 7.8 万余人，比彭德怀预料的

最后一击

歼1.5万人超过4倍以上，缴获各种炮423门，坦克45辆，深刻地表明志愿军装备有了明显的改善，火力大为加强。

以炮兵来说，地面炮兵已由入朝初期的3个师增至10个师，高射炮已由一个团增至5个师。在这次战役中，志愿军集中了1360多门火炮，形成平均每公里44.4门的火炮密度，在兵力上和火力上志愿军均占优势，分别为3比1和1.7比1。因此，尽管敌人的防御阵地很坚固，20分钟的炮火准备，就把敌人所有的工事摧毁了40%，并大量消灭了敌人有生力量，为志愿军步兵在一个小时内全线突破敌人的防线，创造了非常有利的条件。

志愿军炮兵部队，在这次战役以至整个抗美援朝战争中，都是发挥了威力的。据不完全统计，炮兵部队入朝作战以来，配合步兵歼灭敌人18.2万多名，击落敌机2335架。

毛泽东对这次战役给予了很高的评价。他在一次高级会议上说：

今年夏天，我们已经能够打破敌人正面21公里的阵地，能够集中发射几十万发炮弹，能够打进15公里。如果照这样打下去，再打他两次、三次、四次，敌人的整个战线就会被打破。

美国不得不作出实施停战协议的保证。

在整个夏季反击战役第三阶段作战中，中朝军队共计毙、伤、俘敌7.8万余人，缴获坦克45辆、汽车279辆，收复土地178平方公里。

至此，志愿军1953年夏季反击战取得了全面胜利。

夏季反击战役，是中朝军队转入阵地防御以来，规模最大的一次对"联合国军"坚固阵地进攻的战役。交战双方先后投入作战的兵力：志愿军为10个军、朝鲜人民军为2个军团，"联合国军"为18个师。

战役持续两个半月。中朝军队有计划地实施了3次进攻，共进行大小进攻战斗139次。最后实施的金城战役，一举突破南朝鲜4个师25公里的正面防御，突入对方纵深最远达15公里。

"联合国军"总司令克拉克在给金日成和彭德怀的复信中明确表示：

保证停战条款将被遵守。

7月13日到7月19日，美方首席谈判代表哈里逊作出保证：

"联合国军"包括大韩民国的军队准备实施

最后一击

停战条款。

大韩民国进行任何破坏停战的侵略行为时，联合国军将不予支持。

朝中方面鉴于美方已作出保证，而且有关各方都希望尽快结束战争，所以尽管志愿军还可以乘胜取得更大的胜利，但为了世界和平的目的，仍然同意了美方希望尽快签字结束战争的要求。

整个朝鲜战场终于迎来了和平的曙光。

参考资料

《抗美援朝的故事》 贺宜等著 启明书局

《抗美援朝战场日记》 李刚著 解放军文艺出版社

《中国人民志愿军征战纪实》 王树增著 解放军文艺
　　出版社

《王平回忆录》 王平著 解放军出版社

《抗美援朝纪实：朝鲜战争备忘录》 胡海波著 黄河
　　出版社

《血与火的较量：抗美援朝纪实》 栾克超著 华艺出
　　版社

《烽火岁月：抗美援朝回忆录》 吴俊泉主编 长征出
　　版社

《伟大的抗美援朝运动》 中国人民抗美援朝总会宣传
　　部编 人民出版社

《开国第一战：抗美援朝战争全景纪实》 双石著 中
　　共党史出版社

《我们见证真相：抗美援朝战争亲历者如是说》 杨凤
　　安，孟照辉，王天成主编 解放军出版社